Saliendo Vivo: ISBN: Paperback 9781648731150 ISBN: EBOOK 9781648731112 Conceptos básicos sobre supervivientes: ISBN: EBOOK 9781648731136 ISBN: Paperback 9781648731167 Comienzos iniciales: ISBN: Paperback 9781648731174 ISBN: EBOOK 9781648731129 12 Guía paso a paso para la restauración: ISBN: Paperback 9781648731181 ISBN: EBOOK 9781648731143

Impreso en los Estados Unidos de América

Publicado por:

Editorial del escritor

Prescott, Az 86301

Portada y diseño de interiores por Creative Artistic Excellence Marketing

Gestión de proyectos y lanzamiento de libros por Creative Artistic Excellence Marketing
https://lizzymcnett.com

Nacional nacional
Línea directa de abuso
1-800-799-7233

12- Programa de restauración de pasos

12- Guía Paso A Paso Para La Restauración
Por Sobreviviente A Propósito

Tabla de contenido

Sección Uno

Los doce pasos

El Programa de Sobrevivientes Propósitos fue diseñado con una sola intención en mente, la libertad. La capacidad de vivir libre de una vida consumida por el abuso doméstico, sin embargo, cada persona debe ser mostrada la manera de buscar este proceso de restauración para sí mismos. Con compasión, propósito y amor por otro miembro, podemos lograr ese objetivo. (La palabra **restauración** significa devolver algo a su dueño o lugar apropiado, o darle a alguien nueva fuerza o vigor.) Los Doce Pasos del Programa de Sobrevivientes Propuestos es una guía destinada a moverte por el camino de la restauración.

Cada capítulo incluye una narración seguida de una lista de preguntas. La narrativa pretende evocar el pensamiento sobre las preguntas. El relato está escrito en la voz de "nosotros" mientras que las preguntas están escritas para promover opiniones personales sobre el contenido. La *Guía de trabajo de 12 pasos* es un libro complementario de *Comienzos iniciales,* que es una versión más detallada de los 12 pasos.

El relato o las preguntas están a su disposición; agregue a estas guías, elimínelas o utilícelas tal y como están. Depende de usted. La única manera real de utilizar inapropiadamente estas guías es usarlas solas. No podemos enfatizar lo suficiente la importancia de tener un patrocinador o un entrenador de vida. Este programa fue diseñado por nuestros predecesores que ya han establecido la importancia de trabajar a través de este programa en unidad con otros miembros del PS, un sobreviviente ayudando a otro sobreviviente. Gracias por permitirnos ser de servicio.

Paso uno:

"Admitimos que éramos impotentes para nuestro abusador - y la vida que vivíamos era inmanejable."

Sección Uno - Fe: En lo que eres firme en tu pensamiento, eres firme en tu fe.

A primera vista del pasado, podemos mirarlo y ver destrucción o fracaso, y la idea del éxito o la supervivencia se ocultan de la vista. El miedo, la preocupación y la angustia se han apoderado de cada proceso de pensamiento que tenemos. Es solo en este momento que realmente podemos ver la luz del día; nuestro pasado y nuestro presente deben encontrarse en el medio, por así decirlo, para la claridad de nuestro destino actual.

Sólo después de que reconozcamos la realidad de nuestra situación podremos reconocer el resultado de nuestro modo de vida actual. Si seguimos de esta manera, solo puede haber un final de tristeza o muerte. Por lo tanto, debemos encontrar la fuerza para irnos. Este es un punto en nuestra vida, sin embargo, que el peligro más alto reside. Pero debemos aprender a reconocer que la única manera de encontrar la restauración es partir.

La preparación para la salida no siempre es una opción, a veces se produce en el espolón del momento, y confiamos sólo en el instinto para guiarnos hacia la seguridad. Es después de que nos vamos y la realidad de nuestras vidas se hace evidente que perseguimos un razonamiento defectuoso por qué debemos regresar. En estos momentos, debemos cesar cualquier acción inmediata y mantener la calma y nunca perder nuestro propósito por la elección que hicimos.

En este paso, aprendemos el verdadero significado de fuerza, resistencia y persistencia. La fuerza es algo más que una característica física, es un estado mental tanto en la salud como en el pensamiento consciente. Las personas que sufren de muchas alineaciones no siempre están enfermas orgánicamente; su falta de fuerza proviene de debilidad mental, emocional o espiritual.

Trabajando a través de este paso, encontramos la solución de dónde viene la fuerza y cómo soportamos sobrevivir en tal agitación. Es solo después de trabajar a través de estos pasos que podemos entender la naturaleza de nuestra existencia. Comenzamos a entender que los problemas que enfrentamos no siempre fueron de nuestra propia acción, ni fuimos culpables por el abuso que soportamos.

Cada paso está diseñado para guiarnos a la restauración. Lea y responda a cada pregunta con una mente abierta y honestidad. Encuentre a alguien que le ayude si es necesario, y esté orgulloso del progreso que ha hecho en su vida.

1. ¿Qué significa para mí el abuso?

_____

_____

_____

2. ¿Mi pensamiento sigue un patrón?

_____

_____

_____

3. ¿Me comporto compulsivamente para evitar la confrontación?

_____

_____

_____

a. ¿De qué manera?

_____

_____

_____

4. ¿En qué pensamientos actúo sin pensar en mis acciones?

_____

_____

_____

5. ¿Se relacionan estas acciones con evitar continuos enfrentamientos?

_____

_____

_____

a. Explicar.

_____

_____

_____

Negación

A menudo, evitamos la verdad porque nos causa dolor y vergüenza. Cuando negamos las acciones de nuestro abusador, la fuerza que hemos ganado se pierde una vez más.

La aceptación es una parte de la sanación y la restauración.

1. ¿He dado razones verosímiles pero falsas para mi comportamiento?

   _____

   _____

   _____

2. ¿Niega que pueda controlar las acciones de mi abusador?

   _____

   _____

   _____

   a. ¿Uso la excusa de "si no lo hubiera hecho"?

      _____

      _____

      _____

   b. ¿O 'si solo hubiera hecho esto antes'?

      _____

      _____

      _____

3. ¿Estoy evitando la acción porque tengo miedo de la vergüenza que siento, o miedo de lo que podría pasar?

   _____

   _____

   _____

Desesperanza y angustia

Cuando nos encontramos en situaciones que están fuera de nuestro control y no hay espacio para escapar sin lesiones, ha llegado el momento de un cambio. Ninguna relación está nunca abierta al abuso de ningún tipo, mental o físico.

1. ¿Cuándo me di cuenta de que mi situación era desesperanzadora?

_____

_____

_____

      a. ¿Qué me llevó a trabajar a través de estos pasos?

_____

_____

_____

2. ¿Cuándo reconocí que quedarme era un error que un día podría quitarme la vida?

_____

_____

_____

Impotencia

1. ¿Qué significa impotente para mí?

_____

_____

_____

2. ¿He hecho cosas de las que no estoy orgulloso?

_____

_____

_____

     a. Listarlos.

         _____

         _____

         _____

     b. ¿Por qué?

         _____

         _____

         _____

3. ¿Estoy nervioso, temeroso y obsesivo por evitar el conflicto con alguien?

_____

_____

_____

4. ¿Me disculpo por algún error que cometa?

_____

_____

_____

a. ¿Es la posibilidad de abuso la razón?

_____

_____

_____

5. ¿Hago todo lo posible para mantener la paz y crear alegría en todas las situaciones?

_____

_____

_____

b. ¿El pánico entra hasta que la situación ha pasado?

_____

_____

_____

6. ¿Me obsesiono inmediatamente con otras incidencias que pudieran ocurrir?

_____

_____

_____

7. ¿He mentido o manipulado una situación para mantener la paz y mantener el orden?

_____

_____

_____

8. ¿Mis decisiones me han causado dolor a mí o a otros?

_____

_____

_____

Inmanejabilidad

1. ¿Cuál fue el factor decisivo que me llevó a creer que mi vida era inmanejable?

_____

_____

_____

2. ¿Qué significa manejable para mí?

_____

_____

_____

3. ¿Siempre cedo ante los demás, sin importar el costo para mi bienestar?

_____

_____

_____

4. ¿Considero las necesidades de los demás por encima de las mías para evitar la confrontación?

_____

_____

_____

5. ¿Acepto mi papel en una situación abusiva?

_____

_____

_____

6. ¿Soy capaz de llevar a cabo mi rutina diaria sin miedo a los abusos?

_____

_____

_____

    a. ¿Cómo ha afectado el abuso a mi vida?

_____

_____

_____

7. ¿Falsifico emociones para evitar conflictos?

_____

_____

_____

    a. ¿Cómo ha afectado esto a mi vida?

_____

_____

_____

8. ¿Considero un día bueno si evito cualquier forma de abuso?

_____

_____

_____

9. Cuando estoy en peligro real, ¿alguna vez he sido indiferente a la situación o incapaz de protegerme?

_____

_____

_____

    a. Explicar.

    _____

    _____

    _____

10. ¿Fue entonces cuando me di cuenta de la gravedad de mi situación?

_____

_____

_____

Reservas

En cualquier situación, podemos encontrarnos indecisos o inseguros. Estas emociones son saludables y necesarias para la supervivencia. Solo cuando ignoramos estos sentimientos se producen problemas. Debemos reconocer estas reservas y reconocer su existencia. Al admitir las aprensiones, podemos avanzar con la restauración de nuestras vidas. Los sentimientos nos mantienen conscientes del pasado; son un recordatorio de nuestra situación abusiva sin obstaculizar nuestro proceso de curación. Estas emociones acelerarán el proceso porque confesamos la conciencia de nuestra vergüenza y vergüenza.

1. ¿He aceptado la medida completa de mi situación abusiva?

_____

_____

_____

2. ¿Creo que la reconciliación con mi abusador es posible?

_____

_____

_____

3. ¿Hay eventos que disparen mis temores y preocupaciones?

_____

_____

_____

4. ¿Logré la tarea sin estrés indebido?

_____

_____

_____

5. ¿A qué reservas me sigo aferrando?

_____

_____

_____

6. ¿Tengo miedo de otras relaciones por miedo a volver a abusar?

_____

_____

_____

Rendirse

Rendirse es una palabra poderosa y puede ser usada para mejorar grandemente nuestras vidas cuando captamos completamente el significado. La fuerza viene de rendirnos a la aceptación de nuestra relación o relaciones abusivas. El único error que no quieres cometer es simplemente renunciar al abuso; en este caso no estás aceptando realmente la experiencia. Solo cuando puedas rendirte y estar en paz con la vida que has vivido puede comenzar la restauración.

1. ¿Cuáles son mis temores de rendirme?

_____

_____

_____

2. ¿Cómo sería mi vida cuando me rindo completamente?

_____
_____
_____

3. ¿Mis miedos desaparecerán cuando me rinda de verdad?

_____
_____
_____

4. ¿Cómo voy a rendirme?

_____
_____
_____

Prácticas de sanación

¿Has oído hablar de la expresión de que el tiempo cura todas las heridas? En algunos casos, esto puede ser cierto, pero no cuando se trata de abuso, mental o físico. Siempre habrá daños que no comprenda o no conozca completamente. Ciertas situaciones ocurrirán y usted puede ser atrapado con una reacción completamente inesperada, por ejemplo, El tono severo profundo de la voz de un hombre, el pop de un aluminio se puede abrir, situaciones de peleas con amigos de la familia, o extraños, o incluso el simple acto de tener a alguien severamente le dice lo que se necesita hacer. Estas son solo algunas situaciones a las que te enfrentarás diariamente, por lo que debes ser plenamente consciente de los efectos manifiestos que tu abuso ha tenido en tu psique. Como se dijo anteriormente, nunca se recuperará completamente del abuso, pero puede encontrar la restauración y vivir una vida completa y feliz de nuevo.

1. ¿Me encuentro morando en ciertas incidencias abusivas?

_____

_____

_____

    a. ¿Me sigo preguntando cómo podría haber sido diferente, aunque sólo fuera?

_____

_____

_____

    b. ¿Me pregunto si él iba a conseguir ayuda, podríamos resolver las cosas?

_____

_____

_____

    c. ¿Me encuentro lleno de odio o culpa, o emociones incontroladas?

_____

_____

_____

Los sentimientos fuertes son parte de la réplica del abuso, y es normal tener cambios emocionales de humor y arrebatos descontrolados de vez en cuando. La mente, el cuerpo y el alma están en un estado de reparación y curación. Abraza las emociones y acepta el proceso de curación.

1. ¿Tengo la urgencia de discutir mi abuso ahora que ya no estoy residiendo en el caos?

_____

_____

_____

2. ¿Hablar me da una sensación de alivio?

_____

_____

_____

3. ¿Hay partes de la restauración que me cuesta creer?

_____

_____

_____

4. ¿Estoy siendo abierto sobre mi abuso con alguien en quien pueda confiar y hablar?

_____

_____

_____

a. ¿Hay partes de mi abuso que guardo para mí? ¿Por qué?

_____

_____

_____

b. ¿He escrito esas circunstancias y lidiado con las emociones que agitan?

_____

_____

_____

El factor principal de este paso es reconocer tu impotencia hacia tu abusador. Para lograr la rendición, debes mantener tu mente abierta y estar dispuesto a aceptar el abuso como parte de tu pasado y estar listo para avanzar con tu restauración. Por lo tanto, identificar que eres humano y las cosas suceden, a veces sin culpa propia, es una parte crucial de la curación. No es donde estabas lo que importa; es a donde vas.

1. ¿Tengo la sensación de que soy relativa e importante dentro de mi círculo de amigos y familia o algo intermedio?

_____

_____

_____

a. ¿Cuál es el sentido?

_____

_____

_____

2. ¿Estoy practicando los principios de este paso a diario?

_____

_____

_____

a. Explique cómo.

_____

_____

_____

Debemos hacer algo más que aceptar el abuso en nuestro pasado para continuar con un futuro positivo y exitoso. La búsqueda comienza con un inventario de las cosas que más nos están doliendo o enojando para luego aceptar esas cosas por lo que son. El siguiente paso es encontrar una organización con personas que entiendan el trauma que sufriste y estén dispuestas a ayudarte a descubrir al individuo dinámico que realmente eres.

1. ¿He hecho la paz dentro de mí?

_____

_____

_____

2. ¿He hecho las paces con el abuso en mi pasado?

_____

_____

_____

Al llegar al final de este paso, puede que se pregunten ¿cómo pude llegar tan lejos? La respuesta es fuerza. Para evocar el poder de tu mente y cuerpo se necesita un método simple: eliminación de dudas. Poner tu fe en un poder superior no solo te guía al éxito, sino que también construye un fuerte carácter mental para soportar cualquier situación futura que pueda ocurrir. La restauración es una elección personal.

1. ¿Cómo puedo seguir adelante?

_____

_____

_____

2. ¿Cómo ha mejorado mi vida mi experiencia trabajando a través de este paso?

_____

_____

_____

11. ¿Cuál es mi comprensión del paso?

_____

_____

_____

Para descubrir cómo podemos sobrevivir a una vida sin abusos, primero debemos entender la causa. Entonces tenemos que reconocer las decisiones que tomamos que llevaron a la situación abusiva. Recuerda, nada cambia si nada cambia.

Paso dos:

"Llegamos a creer que un poder mayor que nosotros mismos podría devolvernos a la cordura".

Sección Dos - Resistencia: La palabra "fuerza" significa "perdurar", "persistir". La fuerza es la capacidad de mantenerse, a pesar de las condiciones negativas en el cuerpo o los asuntos de una persona.

William James describió el poder de la fe como no solo creer en un poder superior, sino también poder para tu salud.

Él dijo, "La fe es el centro habitual de las energías del hombre."

Una de las primeras cosas que debes hacer para restaurarte a ti mismo de vuelta a la salud es llegar a creer en un Poder Superior mayor que tú. A veces, cuando la vida nos guía en direcciones que no mantienen un contacto consciente con Dios, perdemos la capacidad de comunicarnos con Él regularmente. Como resultado, nuestras vidas se vuelven inmanejables.

Estás leyendo y empezando a trabajar a través de estos pasos porque decidiste que en un momento, tu vida no funcionaba. Evitar cualquier opción que pudiera decir lo contrario es negación en toda su gloria. Aprendemos que la fe está funcionando todo el tiempo, no importa lo que esté pasando en tu vida. Tu fe es el resultado directo de aquello a lo que le prestas más atención. Por lo tanto, es imperativo que te concentres en lo que es bueno en tu vida en este momento, y continúes manifestando el mejor resultado posible para el futuro.

El siguiente capítulo trata sobre la fe y el llegar a creer en un poder mayor que tú. Renunciar a cualquier duda o recelo sobre lo que es o no la fe debe ser la primera acción. Comenzar este paso con una cabeza clara y vacía de todos los preconceptos permitirá que tu fe crezca de maneras milagrosas que ni siquiera puedes imaginar. La fe es probablemente una de las palabras más poderosas del idioma inglés; simplemente hablando la palabra que puede crear resultados increíbles en su vida inmediatamente. De todos los 12 poderes mentales, la fe es el único poder mental que puede superar cualquier circunstancia en tu vida en este momento. El primer objetivo será entender las barreras que se pueden enfrentar. La segunda es aprender a identificar qué es la fe, y qué significa tener fe.

1. ¿Qué significa la fe para mí?

_____
_____
_____

2. ¿Qué significa tener fe en un Poder Superior?

_____
_____
_____

Infidelidad

Al aceptar el abuso como una parte normal de la vida reconocemos la falta de fe en nosotros mismos. Aceptar el pasado por lo que nos lleva a una nueva forma de pensar. Una vez que reconocemos el abuso, se convierte en parte de nuestros pensamientos conscientes. La conciencia es necesaria para sanar nuestro cuerpo y espíritu de la mente.

1. ¿Creía que podía controlar el abuso?

_____
_____
_____

a. ¿Con qué acciones?

_____

_____

_____

b. ¿Funcionaron estos intentos? ¿Por qué o por qué no?

_____

_____

_____

2. ¿Qué cosas hice que me avergüenzan ahora?

_____

_____

_____

a. ¿Por qué me avergüenzan?

_____

_____

_____

b. ¿Me puse en peligro de hacer estas cosas?

_____

_____

_____

3. ¿Puse excusas para el comportamiento de mi abusador?

_____

_____

_____

    a. ¿Cuáles fueron las excusas?

    _____

    _____

    _____

4. ¿Alguna vez he exagerado o subestimado las acciones de mi abusador?

_____

_____

_____

5. ¿Cómo estuvo mi vida fuera de equilibrio?

_____

_____

_____

Esperanza

El concepto de esperanza ha impulsado a la humanidad durante generaciones. Es la fuerza vinculante detrás de nuestra propia supervivencia, la resistencia para continuar cuando todo parece perdido y no se vislumbra un fin. Nos da optimismo renovado cada mañana cuando sale el sol.

Cuando entramos en este programa, la idea de una vida mejor no parecía posible, pero la esperanza es por qué abrimos este libro. Nuestro renovado optimismo llegó cuando nos dimos cuenta de que otras personas como nosotros hemos progresado con propósito. Sus vidas se basan ahora en el sentido, no en el miedo y el abuso.

Puede que no veas pruebas de la esperanza de éxito en este punto, pero cada vez que te das cuenta de tu abuso, el dolor de esa perspicacia va acompañado de una oleada de esperanza, haciendo posible continuar con la siguiente fase de tu vida.

Locura

Nunca se dudó de la cuestión de la inmanejabilidad en nuestras vidas. El problema se convirtió en ¿cómo pararlo o salir vivo? Muchas veces, nos dijeron, "simplemente aléjate", o "¿por qué te involucraste en primer lugar?" En la mayoría de los casos, si tuviéramos esa respuesta probablemente no estaríamos caminando en estos zapatos. Nuestra locura es la razón por la que seguimos permaneciendo tanto tiempo como lo hicimos. No hay soluciones simples al problema. Todo lo que podemos hacer es seguir trabajando en nosotros mismos. Entender nuestro comportamiento y las razones por las que tomamos estas decisiones nos ayudará a no tomar las mismas decisiones repetidamente, que es el verdadero significado de la locura.

1. ¿Creía que podía controlar el comportamiento de mi abusador?

_____

_____

_____

    a. ¿Cómo?

    _____

    _____

    _____

    b. ¿Por qué?

    _____

    _____

    _____

2. ¿Qué situaciones creé para evitar incidencias adicionales?

_____

_____

_____

3. ¿Me comporté de maneras que me avergüenzan?

_____

_____

_____

a. ¿De qué manera?

_____

_____

_____

4. ¿Tomé decisiones precipitadas para evitar conflictos con mi abusador?

_____

_____

_____

5. ¿Qué tipo de peticiones me pidió mi abusador?

_____

_____

_____

a. ¿Tenían una base sexual?

_____

_____

_____

b. ¿Eran cosas para humillarme?

_____

_____

_____

6. ¿Alguna vez me vi obligado a participar en cosas de las que me avergüenzo?

_____

_____

_____

a. ¿Qué?

_____

_____

_____

b. ¿Por qué?

_____

_____

_____

El diccionario define la locura como, "una falta de razón o buen sentido, una locura extrema o un acto que demuestra tal necedad". Sin embargo, el concepto básico de locura es hacer algo repetidamente y esperar resultados diferentes. La pregunta que debes hacerte es ¿cuán loca era la verdadera naturaleza de tu relación abusiva? Todos tienen una idea diferente de la locura y es única para cada persona.

Lo que algunos de nosotros consideramos una locura es una forma de vida normal para otra persona, por lo que, por lo tanto, es imperativo que no juzguemos la vida o las opciones de otra persona. Debemos aceptarlos por quienes son y amarlos sin importar las decisiones que tomen.

La locura es una pérdida de perspectiva o de sentido de la proporción. En otras palabras, nuestras vidas están desequilibradas. Para tener una perspectiva sobre cualquier situación es necesario mirar constantemente nuestras actividades diarias. ¿Qué colocamos como importantes o prioridades en nuestra vida? Cada punto tiene su significado, solo tienes que decidir qué porción es la más importante y permanecer vigilante para actuar apropiadamente.

Siempre podemos elegir una mejor forma de vida cuando nos llenamos de amor, compasión, confianza y esperanza. El contacto consciente que puedes desarrollar con tu Poder Superior dará todas estas cosas de forma gratuita. Solo tienes que estar dispuesto a aceptarlos. Cuando hemos actuado sobre una obsesión, aunque sabíamos cuáles serían los resultados, ¿qué estábamos sintiendo y pensando de antemano?

1. ¿Cuál era mi propósito para empezar?

   _____

   _____

   _____

2. ¿El resultado cumplió mis expectativas?

   _____

   _____

   _____

a. ¿Por qué o por qué no?

_____

_____

_____

3. ¿Creo que actué apropiadamente?

_____

_____

_____

4. ¿Qué aprendí de la experiencia?

_____

_____

_____

Liberar la fe

La discusión previa puede haber traído numerosos recuerdos que son difíciles de aceptar o manejar, pero es importante identificar estos recuerdos y superar las barreras que pueden impedirnos liberar la fe.

1. ¿Tengo miedo de llegar a creer en un poder superior?

_____

_____

_____

2. ¿Hay barreras que detengan mi creencia?

_____
_____
_____

   a. ¿Qué son?

     _____
     _____
     _____

3. ¿Qué experiencias tengo acerca de la fe?

_____
_____
_____

   a. Explicar.

     _____
     _____
     _____

4. ¿En qué creo?

_____
_____
_____

5. ¿Cómo ha crecido mi fe?

_____
_____
_____

6. ¿Cuáles son mis dudas sobre aceptar un Poder Superior?

_____

_____

_____

7. ¿Puede este Poder Superior mantenerme a salvo y liberarme de más abusos?

_____

_____

_____

    a. Explique cómo y por qué.

_____

_____

_____

8. ¿Qué evidencia hay en mi vida de un poder superior?

_____

_____

_____

    a. ¿Cuáles son algunas cosas que mi Poder Superior hace por mí?

_____

_____

_____

b. ¿Cuáles son algunas cosas que debo hacer para aumentar mi fe?

_____

_____

_____

9. ¿Qué significa una vida de cordura?

_____

_____

_____

10. ¿Qué cambios debo hacer para asegurar mi cordura?

_____

_____

_____

a. ¿Cómo debe cambiar mi forma de pensar?

_____

_____

_____

b. ¿Cómo debe cambiar mi comportamiento?

_____

_____

_____

c. ¿Cómo han cambiado estos pasos mi visión de la cordura?

_____

_____

_____

d. ¿Cómo es la restauración un proceso?

_____

_____

_____

11.   ¿Cuáles son mis expectativas de cordura?

_____

_____

_____

a. ¿Son realistas o poco realistas?

_____

_____

_____

12. ¿Entiendo el proceso de restauración?

_____

_____

_____

13. ¿He podido mantener mi cordura en situaciones inesperadas que se asemejan a mis situaciones abusivas?

_____

_____

_____

   a. ¿Qué eran?

     _____

     _____

     _____

   b. ¿Puedo pasar periodos sin sentir miedo o inquietud?

     _____

     _____

     _____

       1. ¿Cómo ha disminuido o aumentado?

         _____

         _____

         _____

       2. ¿Cuáles son las circunstancias que causan estos sentimientos?

         _____

         _____

         _____

3. ¿Estoy exagerando? ¿O tengo una razón válida para tener miedo?

_____

_____

_____

14. ¿Qué debo hacer para detener estos sucesos?

_____

_____

_____

El poder de la fe

Cada uno de nosotros entró en este programa con toda una historia de vida. Es con estos antecedentes individuales que nuestro nivel de fe varía dramáticamente, con una simple comunidad: la situación abusiva era una realidad para todos nosotros. Este carácter común crea un vínculo de familiaridad para todos, permitiéndonos a cada uno de nosotros alcanzar las metas que nos fijamos en nuestras vidas.

1. ¿Por qué es perjudicial tener la mente cerrada?

_____

_____

_____

2. ¿Estoy dispuesto a aceptar mi pasado?

_____

_____

_____

   a. ¿Me veo como un sobreviviente o una víctima?

     _____

     _____

     _____

   b. ¿Uso ser una víctima como una forma de ganar simpatía de los demás?

     _____

     _____

     _____

4. ¿Este comportamiento me permite negar la verdad sobre el abuso?

_____

_____

_____

   a. ¿Creo que mi abusador sentirá alguna vez pena por el abuso?

     _____

     _____

     _____

5. ¿Esto me permite negar mi responsabilidad en la situación?

_____

_____

_____

6. ¿Qué cambio en mi pensamiento estoy dispuesto a hacer para la restauración en mi vida?

_____

_____

_____

Restauración de la cordura

La palabra *restauración* se define como, "el retorno de algo que fue removido o abolido". En esta situación, la restauración eres tú; el dejar de intentar ser algo que no eres por el bien de las necesidades desacertadas de otra persona.

Para su curación y crecimiento espiritual, usted debe tener una comprensión firme sobre el significado de la cordura. Esto incluye la continuación del comportamiento racional.

Enumere algunas cosas que considere un ejemplo de cordura.

1. ¿Qué cambios en mi pensamiento y comportamiento son necesarios para mi restauración de la cordura?

_____

_____

_____

2. ¿Qué áreas de mi vida necesitan cordura ahora?

_____

_____

_____

3. ¿Qué medidas puedo tomar para asegurar que la cordura continúe?

_____

_____

_____

4. ¿Cómo ayudará la continuación del trabajo a través del resto de estos pasos en mi restauración a la cordura?

_____

_____

_____

5. ¿Qué cambios veo ya en mi vida?

_____

_____

_____

Los cambios en nuestras vidas son lentos y graduales a veces, e incluso podemos preguntarnos si todo este trabajo vale la pena el esfuerzo. A medida que pasa el tiempo y nuestra restauración progresa, a veces nos sentiremos impacientes o inquietos queriendo una solución inmediata para todos nuestros problemas. Sin embargo, esto no es posible. La restauración es un proceso gradual: lleva tiempo y trabajo. Por otro lado, una vez que comienzas a reconocer un comportamiento poco realista en tu vida es una buena señal. Finalmente estás empezando a entender el significado de la locura.

1. ¿Qué expectativas tengo de que me devuelvan a la cordura?

_____
_____
_____

    a. ¿Son realistas?

_____
_____
_____

2. ¿El progreso que he hecho hacia mi restauración está progresando como lo anticipé?

_____
_____
_____

    a. ¿Por qué o por qué no?

_____
_____
_____

3. ¿Entiendo que la restauración ocurre con el tiempo, no de la noche a la mañana?

_____
_____
_____

Encontrarnos capaces de actuar sanamente, incluso en una situación en la que nunca pudimos tener éxito en el pasado, es evidencia de que nuestro programa está funcionando en nuestra vida.

4. ¿Qué instancias he encontrado que se ajusten a la situación anterior?

_____

_____

_____

   a. ¿Qué sentía después?

_____

_____

_____

Guiados por la fe

Una señal clara de que nos guía la fe es la capacidad de tomar decisiones con una deliberación cuidadosa. Dejamos de hacer erupción y espolear las elecciones del momento. Una vez que la claridad de la paz se convierte en una rutina diaria, nuestra necesidad de una mayor restauración es un cambio bienvenido.

A medida que progresas y desarrollas una fe sana en el Dios de tu Entendimiento, puedes volverte inquieto, incluso descontento con tu vida tal como está. Esto significa que la fe está trabajando para traer mayor bien a tu vida. Este es el momento de hablar de fe y pedir una guía continua.

1. ¿Qué acciones he tomado para demostrar mi fe?

_____

_____

_____

2. ¿Cómo ha crecido mi fe?

_____

_____

_____

3. ¿He podido avanzar y hacer planes para mi futuro?

_____

_____

_____

4. ¿Estoy viendo las manifestaciones de fe en mi vida, no importa lo pequeñas que puedan parecer?

_____

_____

_____

5. ¿Qué miedos me impiden avanzar?

_____

_____

_____

6. ¿Qué necesito hacer para dejar de lado mis miedos?

_____

_____

_____

Principios espirituales

El concepto de restauración y de vivir una vida sin abusos puede parecer extraño en este punto, incluso imposible. No importa si entiendes el poder de

Dios, el factor importante es que crees que la restauración es posible. La fe será la guía.

1. ¿Cómo confío en el Dios de mi entendimiento para liberar mis miedos?

_____
_____
_____

2. ¿He pedido ayuda hoy a mi Poder Superior?

_____
_____
_____

   a. ¿Por qué?

_____
_____
_____

   b. ¿Para qué?

_____
_____
_____

3. ¿He buscado ayuda de otros?

_____
_____
_____

a. ¿Quién? ¿Por qué? ¿Cuándo?

_____

_____

_____

b. ¿Fui honesto sobre mi situación?

_____

_____

_____

4. ¿Traté de manipular sus sentimientos de alguna manera?

_____

_____

_____

5. ¿Se usaron estas manipulaciones para llamar la atención o la aprobación?

_____

_____

_____

Fe revelada

Al llegar al final del Paso Dos, entienda que cada fase del proceso tiene su lección y no toda la información será revelada a la vez. No se desanime si su progreso es más lento de lo que esperaba o no lo que esperaba; el reconocimiento de la fe es diferente para cada persona, como lo es la restauración de cada persona. Sea paciente, todo se revelará cuando el tiempo sea apropiado.

1. ¿Cuál es mi entendimiento del Paso Dos, ahora comparado con cuando empecé?

   _____

   _____

   _____

2. ¿Qué acciones puedo realizar para continuar la restauración de mi vida después de completar este paso?

   _____

   _____

   _____

Paso tres:

"Tomamos la decisión de confiar en el Dios de nuestro entendimiento y luego entregar nuestra voluntad y nuestras vidas a él".

Sección Tercera - Sentencia: La capacidad de entender nuestra vida y las decisiones que tomamos.

El poder mental del juicio se encuentra en el estómago, que es el centro de sustancia del cuerpo. Tu estómago nutre tu cuerpo, así como tu mente nutre el alma. Si alimentas tu mente con pensamientos negativos y malnutre tu cuerpo, cada centro actuará en consecuencia. No hay diferencia entre la información que es buena o mala. Por lo tanto, mantener una actitud positiva nutrirá tu mente y cuerpo con una sustancia que da vida.

El tercer paso es lo que centra la mente y el cuerpo en un marco de pensamiento: la idea de la rendición. Puedes lograr casi cualquier cosa cuando te rindes a la voluntad de tu Poder Superior y liberas todas las heridas del pasado, el dolor y el abuso de tu pasado. Recuerde: no se puede cambiar el pasado, solo aprender de él y avanzar con un corazón abierto y la voluntad de educarse en los resultados positivos que se pueden lograr.

Este proceso es algo que viene del tiempo y la paciencia, pero no sin trabajo por tu parte. La restauración conlleva el precio de ejercer buenas prácticas mentales. Trabajar a través de estos pasos con una mente abierta y la voluntad de aprender es uno de los únicos requisitos para el éxito. Tus logros descansan únicamente en tu motivación para cambiar tu vida. Las dudas y miedos que se llevan dentro solo servirán para minimizar su restauración.

Opciones

Podemos encontrarnos llenos de los recuerdos de nuestra relación abusiva, y tenemos miedo de comprometernos con la restauración debido al miedo al fracaso. Esta vez, sin embargo, es única en el sentido de que la decisión de hacer este cambio depende de nosotros. Nadie nos está obligando o controlando a hacer algo contra nuestra voluntad. Esta simple elección crea el momento para el éxito. Cuando finalmente nos damos cuenta de que la libertad es posible y podemos vivir libres de abusos, nuestros ojos se abren y podemos empezar a entender la realidad de lo maravillosa que puede ser la vida.

1. ¿Puedo tomar la decisión hoy de mover mi vida en una dirección positiva?

_____

_____

_____

2. ¿La idea de decidir me causa miedo?

_____

_____

_____

a. ¿Por qué?

_____

_____

_____

b. ¿Cuáles son los miedos?

_____

_____

_____

3. ¿Qué medidas he tomado o estoy tomando para seguir adelante con mis elecciones?

_____

_____

_____

4. ¿Qué áreas de mi vida necesitan cambiar más?

_____

_____

_____

   a. ¿Por qué?

_____

_____

_____

5. ¿Por qué es importante hacer estos cambios?

_____

_____

_____

   a. ¿Cómo mejorarán mi vida estas decisiones?

_____

_____

_____

Auto-voluntad

La mayoría de nosotros entramos en este programa creyendo que otro ser humano era responsable de nuestra felicidad. Habíamos pasado gran parte de nuestro tiempo complaciéndoles a toda costa. Cuando no podíamos complacerlos, nuestra primera reacción fue atormentarnos con culpa, miedo y preocupación. Después habíamos pasado incontables horas tratando de averiguar qué podíamos hacer diferente la próxima vez, y todo el tiempo nuestro abusador manipuló la situación como ellos creían conveniente. Con emociones que iban de la rabia a la ternura, se convirtieron en tornados que azotaban la vida de todos; siendo completamente conscientes del camino de destrucción que dejaron atrás. Si las circunstancias no fueran de su agrado, intentarían cualquier medio necesario para lograr sus deseos; se saldrían con la suya sin importar el costo. Cada uno de ellos estaba tan dirigido a perseguir agresivamente sus impulsos que cualquier pensamiento consciente era inexistente. Esto normalmente significaba una incidencia explosiva, con lesiones humanas y a veces la muerte. El contexto de este párrafo puede ser gráfico, pero la realidad puede ser dura a veces. Para aceptar el pasado por lo que es, la verdad debe ser revelada.

Las acciones necesarias para revelar la verdad de nuestra situación es algo que debemos reconocer de buena gana y trabajar para entregar el pasado duele. Al hacerlo, concedemos nuestra voluntad propia. El centro de la mente es una fuerza poderosa, y cuando se deja trabajar independientemente del resto de nuestros poderes mentales, rápidamente toma el control de cada aspecto de nuestras vidas. La voluntad propia es un rasgo que todos los humanos tenemos, y cuando se ejerce en consecuencia puede ser algo positivo en nuestras vidas.

La voluntad y el entendimiento son los poderes de la mente gemela. Trabajan armoniosamente entre sí, pero solo cuando mantenemos una estrecha rienda sobre la porción de voluntad de nuestro poder mental. La lucha por anular nuestro poder mental de comprensión es fuerte y puede ser difícil de controlar cuando no se ejerce regularmente. Esta es una práctica que llevará tiempo comprender. El diccionario afirma que la voluntad "es la parte de la mente con la que alguien decide conscientemente las cosas, el poder de tomar decisiones, la determinación de hacer algo". También afirma que la voluntad "es la actitud o sentimientos que alguien tiene hacia alguien o algo". Estas definiciones tienen significados extremadamente poderosos y sus explicaciones no deben tomarse a la ligera. El enfoque y la claridad son las claves para entender tu voluntad y la voluntad de Dios.

1. ¿De qué manera ignoré mi propia voluntad?

_____

_____

_____

2. ¿Cómo no actuar sobre la voluntad propia ha afectado mi vida?

_____

_____

_____

Hay algunos elementos fundamentales para entender el concepto de la voluntad propia. La primera es lo que considerarías factores importantes en tu vida. El segundo es cuáles son los verdaderos factores importantes de tu vida. Entramos en este programa pensando que somos gente rota que no es digna de nada ni de nadie. Esto simplemente no es cierto. Somos personas talentosas que buscan una existencia feliz sin la amenaza de la violencia en la vida cotidiana. Nuestras necesidades y deseos deben satisfacerse y lograrse como cualquier otra persona. Debido a este hecho, estamos decididos a ganar los derechos que merecemos, a veces a cualquier costo. El precio puede ser extremo cuando estamos viviendo una relación abusiva.

1. ¿Perseguir mis objetivos perjudicará a alguien?

_____

_____

_____

    a. Si es así, ¿cómo?

      _____

      _____

      _____

2. En la búsqueda de lo que quiero, ¿es probable que acabe haciendo algo que me afecte negativamente a mí o a otros?

_____

_____

_____

3. ¿Tendré que comprometer alguno de mis principios para lograr este objetivo?

_____

_____

_____

    a. Si es así, ¿por qué?

      _____

      _____

      _____

La voluntad de Dios

Para entender la Voluntad de Dios primero debemos comprender el concepto de dar. La voluntad es la entrega de algo y la aceptación de otra cosa. En este caso, es la promesa de una nueva vida libre de las garras del abuso doméstico.

La Voluntad de Dios es que cada ser humano viva en las comodidades del amor y de la vida. Sólo podremos lograr esto cuando finalmente reconozcamos que el resultado es lo que imaginamos que serán nuestras vidas. Si dudamos de un futuro alegre brillante para nosotros mismos, entonces eso es lo que tendremos. La duda es sólo el resultado que podemos esperar cuando nuestras mentes se nublan de miedo e incertidumbre.

1. ¿Cuál es la diferencia entre mi voluntad y la voluntad de Dios?

   _____
   _____
   _____

2. ¿Cómo puedo aprender a usar mi juicio para tomar mejores decisiones?

   _____
   _____
   _____

3. ¿El concepto de un Poder Superior me asusta, o me incomoda?

_____

_____

_____

    a. ¿Por qué?

    _____

    _____

    _____

    b. Explicar.

    _____

    _____

    _____

4. ¿He causado o he creído que Dios ha causado o dejado que estas cosas malas me sucedan?

_____

_____

_____

    a. ¿Qué cosas?

    _____

    _____

    _____

b. Explique la razón de esta creencia.

_____

_____

_____

5. ¿Cuál es mi entendimiento de lo que es Dios?

_____

_____

_____

6. ¿Cómo está trabajando mi Poder Superior en la decisión que tomo hoy?

_____

_____

_____

Vuelta

El aspecto de aceptar completamente las consecuencias de nuestras acciones es algo que todos nosotros quisiéramos ignorar. Sin embargo, cuando elegimos este camino, bloquea todas las posibilidades de contacto consciente con nuestro Poder Superior y aprender a vivir por Su Voluntad no es posible. Es la comunicación consciente que nos da la guía para vivir por Su Voluntad. Esta conversación bilingüe es única para cada persona, y los mensajes que recibimos son igualmente distintivos. Esto hace imperativo que aprendamos a escuchar con una mente abierta las respuestas que recibimos. Ya sea que la solución venga en solo un sentimiento, palabras escritas, o tal vez una conversación con alguien, la respuesta debe ser aceptada y la acción debe tener lugar para que cualquier cambio ocurra. El problema se resolverá cuando escuchemos la guía de nuestro Poder Superior.

1. ¿Qué significa entregar mis problemas a Dios?

   _____
   _____
   _____

2. ¿Hay partes de mi vida que estoy luchando por liberar?

   _____
   _____
   _____

   a. ¿Qué áreas?

   _____
   _____
   _____

   b. ¿No sabes cómo?

   _____
   _____
   _____

   c. ¿No puedes dejarlo ir?

   _____
   _____
   _____

3. ¿La liberación de estas cosas mejoraría mi vida?

_____

_____

_____

4. ¿Qué necesito ahora para escapar de mi situación?

_____

_____

_____

    a. Listarlos y ser específicos.

_____

_____

_____

5. ¿Pedir orientación a mi Poder Superior liberará estos problemas que estoy enfrentando?

_____

_____

_____

6. ¿Necesito estos temas o el miedo me impide tomar la decisión?

_____

_____

_____

7. ¿Qué decisiones tomé con la ayuda de mi poder superior?

_____

_____

_____

a. Listarlos.

_____

_____

_____

Fe revelada

El paso de la restauración representa el progreso de nuestra fe y de cada área de la vida. No podemos escoger las áreas que queremos que sean restauradas y las que no. Para progresar con la realización de nuestra libertad elegida debemos rendirnos a la Voluntad de Dios y creer que Él nos protegerá en el futuro. Liberar la fe es el común denominador entre la paz y la confusión, o los actos injustificados de locura.

1. ¿Con qué partes de este paso todavía estoy luchando?

_____

_____

_____

   a. ¿Por qué?

_____

_____

_____

2. ¿Qué acciones debo tomar para superar estos problemas?

_____

_____

_____

3. ¿Qué he aprendido trabajando en el Paso Tres?

_____

_____

_____

Paso cuatro:

"Hicimos un inventario moral intrépido y sin miedo de nosotros mismos".

Sección Cuatro - Amor: Así como el corazón iguala el flujo en el cuerpo, así el amor armoniza los pensamientos de la mente, trayendo paz tanto a la mente como al cuerpo.

Los siguientes pasos están diseñados para la exploración de nuestro carácter, y aprendemos a identificar la naturaleza exacta de nuestros errores. Durante la siguiente sección de este paso, puede encontrar que sus problemas existían mucho antes de que comenzara la relación abusiva, tal vez incluso cuando era niño.

La mecánica de trabajar a través de este paso requerirá un inventario inflexible de sus acciones pasadas. Algunos de los recuerdos evocados de la lista de su inventario moral puede ser descorazonador e incluso doloroso, pero el proceso puede conducir al alivio del dolor, la culpa y la vergüenza. Mientras sigas llevando los dolorosos recuerdos dentro, la restauración será difícil.

Si usted se encuentra teniendo aprensiones sobre el inicio de este paso, puede ser útil para expulsar cualquier duda o reserva sobre la dificultad que tiene discutir el pasado. En su lugar, preste atención a los aspectos positivos y beneficios de trabajar en este paso. Entonces mantén una mente abierta a lo que pueda ser revelado.

1. ¿Tengo alguna preocupación sobre lo que este paso podría revelar sobre mí?

   _____

   _____

   _____

2. ¿Qué progreso puedo hacer escribiendo este inventario moral?

   _____

   _____

   _____

3. ¿Mis problemas y miedos tienen respaldo válido?

_____

_____

_____

    a. ¿Qué son?

    _____

    _____

    _____

4. ¿Por qué debería estar preocupado por estos temas?

_____

_____

_____

5. ¿Admitir mis defectos o decisiones reconstruirá la restauración en mi vida?

_____

_____

_____

6. ¿Estoy trabajando con alguien que me ayude con este paso?

_____

_____

_____

b. ¿Por qué? ¿o por qué no?

_____

_____

_____

7. ¿Conozco a alguien que pueda ayudarme?

_____

_____

_____

c. Haga una lista y explique por qué los he elegido.

_____

_____

_____

Establecimiento de la moral

Muchos de nosotros tenemos algún tipo de moral o una idea de lo que son los valores, no importa lo mal interpretados que puedan ser. La definición básica de moral se basa en lo que la conciencia de alguien sugiere que es correcto o incorrecto, en lugar de en las reglas o la ley dice que se debe hacer. Así que, con este conocimiento, tu moral cambiará con lo que más te concentres y consideres importante. En este caso, trabajar a través de estos pasos te ayudará a establecer un código moral basado en principios espirituales.

1. ¿Sé qué efecto tiene la moral en mi vida?

_____

_____

_____

2. ¿Sé lo que significa vivir según un código moral?

_____

_____

_____

3. ¿Entiendo que estos códigos morales son lo que valoro y no lo que piensa la sociedad?

_____

_____

_____

    a. ¿Me quedo en una situación abusiva por lo que otras personas puedan pensar de mí?

_____

_____

_____

    b. ¿Estos temores han agravado mis sentimientos de desesperanza?

_____

_____

_____

c. ¿Me siento solo en esta situación y como nadie me puede ayudar?

_____

_____

_____

4. ¿Siento que mi situación es de alguna manera mi culpa?

_____

_____

_____

a. ¿Siento que quedarme en el abuso es la única manera de ser amado?

_____

_____

_____

b. ¿Creo que soy una persona poco adorable?

_____

_____

_____

c. ¿Siento o me han dicho que no valgo nada y que merezco ser castigado por mis acciones?

_____

_____

_____

d. ¿Alguna vez me han dicho que no puedo sobrevivir solo?

_____

_____

_____

e. ¿Me han dicho que soy demasiado estúpido para vivir solo?

_____

_____

_____

f. ¿Me han hecho sentir culpable por querer tener una vida mejor o vivir sin ser maltratado?

_____

_____

_____

5. ¿Creo que los problemas de mi abusador son mi culpa?

_____

_____

_____

a. ¿Por qué?

_____

_____

_____

b. ¿Dónde cae la culpa en estos temas?

_____

_____

_____

6. ¿Entiendo lo que significa el amor incondicional?

_____

_____

_____

7. ¿Creo que el amor existe sin abuso físico?

_____

_____

_____

8. ¿Qué significa el amor para mí?

_____

_____

_____

Un inventario de nosotros mismos

Esta porción está diseñada para ayudarnos a entender cómo las decisiones que tomamos afectaron nuestra vida. Este paso no es sobre otras personas, es sobre nosotros. Escribir sobre tus experiencias con otras personas es necesario, pero solo debes mirar tu parte en la situación.

El inventario

Consigue un portátil, portátil, ordenador o cualquier cosa que quieras usar para escribir. Trate de eliminar todas las distracciones, especialmente las electrónicas. Reza por guía. Comience su lista mirando resentimientos, miedos, comportamiento, creencias y secretos. Cualquier cosa que se te ocurra es material de inventario.

Resentimientos

Algunos de nosotros hemos luchado para encontrar fallas en nuestra parte del abuso. Descansa ahora, no tienes ninguna culpa por el abuso, aunque la decisión de involucrarte en la relación es otra historia. Esta es la razón del paso cuatro; nos enseña a mirar nuestra parte en cualquier situación. El factor subyacente se basa en patrones de comportamiento. Cuando empiezas a crear un inventario moral de tu vida, los patrones desarrollan un mapa bien trazado. Tomar imágenes y experiencias y ponerlas en papel aportará claridad a cualquier situación. Evita que nuestras mentes nieguen áreas del pasado que nos causan dolor. Este es un modo de supervivencia en su mejor gloria.

Este paso no se trata solo de reconocer nuestros patrones de comportamiento; también se trata de reconocer los resentimientos que llevamos con nosotros. Podemos tener resentimientos sobre cualquier cosa que tenga que ver con la sociedad humana. Pueden ser opiniones nuevas o viejas. Cualquier emoción basada en un sentimiento de ser agraviado o en un sentimiento de haber sido tratado mal es resentimiento. Enumeramos estos resentimientos para arrojar luz sobre la realidad de la experiencia o cómo veíamos la situación. Nuestra visión de la experiencia es importante para nuestro proceso de restauración.

Desde que los viejos resentimientos se han enconado más tiempo es mejor empezar con ellos primero. Al reconocer el pasado, arroja luz sobre el presente, por lo que muchos de estos viejos resentimientos pueden ser la causa de muchos de sus problemas actuales. Pueden manifestarse de diversas maneras. Después de enumerar todos los resentimientos, usted comenzará a ver patrones de comportamiento, y estos patrones son las pistas que necesita para proceder con el proceso de restauración. El contorno desglosa cada pequeña pieza del rompecabezas. Usted puede sorprenderse al ver que la gran mayoría de estos patrones de comportamiento son comportamientos aprendidos del pasado. Su conducta y acciones son el resultado directo del entorno en el que vive ahora. Todos somos productos de nuestro entorno, elijamos serlo o no. Lo bueno es que no tenemos que quedarnos con productos del pasado. Podemos iniciar la vida que elegimos vivir ahora. Las acciones que establecemos a partir de trabajar a través de estos pasos crearán la base sólida que necesitamos para tener éxito en cualquier cosa que elijamos.

1. ¿A qué personas me ofendo?

_____

_____

_____

   a. ¿Quién?

_____

_____

_____

   b. Explicar.

_____

_____

_____

c. ¿Cuál es la razón?

_____

_____

_____

2. ¿He mirado mi parte y patrones en alguna de mis relaciones?

_____

_____

_____

3. ¿Cómo ha contribuido mi evitación a estos resentimientos?

_____

_____

_____

4. ¿Cómo ha desarrollado mi secretismo y silencio estos sentimientos de resentimiento?

_____

_____

_____

5. ¿Tengo miedo de ver estos temas?

_____

_____

_____

a. ¿Por qué?

_____

_____

_____

6. ¿Mis resentimientos han afectado mis relaciones conmigo mismo o con otros?

_____

_____

_____

7. ¿Cómo ha afectado esto mi relación con mi poder superior?

_____

_____

_____

8. ¿Qué temas recurrentes noto en mis resentimientos?

_____

_____

_____

Descubriendo sentimientos

Nuestros deseos más profundos son ser entendidos y amados como necesitamos ser amados, no como alguien más dice que necesitamos ser amados. El examen de nuestros sentimientos en esta sección se hace de manera similar a la forma en que analizamos nuestros resentimientos. Muchos de nosotros hemos enterrado nuestros sentimientos en lo profundo para protegernos de ser heridos, tanto física como mentalmente, por alguien que creíamos que nos amaba. Estos sentimientos están enterrados tan profundamente que puede que ni siquiera sepamos lo que es sentir alegría, paz y libertad. Puede que hayas tenido momentos breves de estos sentimientos, pero la mayoría de las veces se basaron en cuando la sensación iba a parar! Esos casos se llenaron de terror intenso mientras esperábamos a que cambiara el estado de ánimo de la situación. Tiempos como estos son la razón, enterramos nuestros sentimientos en lo más profundo de nuestro interior y redescubrirlos puede provocar un trauma adicional; sin embargo, la liberación traerá consigo sanación y estabilidad emocional.

Debe encontrar un espacio seguro para continuar con las siguientes secciones de este paso para asegurarse de obtener el máximo valor de la experiencia y la curación. No pierda de vista la razón por la que comenzó este viaje. La curación está en el sentimiento.

1. ¿Cómo descubro quién soy?

_____

_____

_____

2. ¿Qué parte de mi relación abusiva me preocupa más?

_____

_____

_____

3. ¿He apagado mis sentimientos?

_____

_____

_____

a. ¿Qué sensación más temo?

_____

_____

_____

b. ¿Por qué?

_____

_____

_____

4. ¿He negado la verdadera naturaleza de mi abuso por miedo a la vergüenza o vergüenza?

_____

_____

_____

5. ¿Qué situaciones hacen que mis sentimientos inunden mis pensamientos conscientes?

_____

_____

_____

a. ¿Qué hice para resolver la situación?

_____

_____

_____

b. ¿Cómo me hizo sentir mi decisión?

_____

_____

_____

6. ¿Estaba trabajando en un viejo comportamiento y sentimientos cuando surgió esta situación?

_____

_____

_____

a. ¿Qué he aprendido después de esta experiencia?

_____

_____

_____

Despertar el amor

En esta sección, descubrimos cómo liberar la culpa, la vergüenza y la humillación. Se estima que el 70 por ciento de todas las enfermedades son causadas por la emoción suprimida. El arrepentimiento, la tristeza y el remordimiento derriban las células del cuerpo. Los pensamientos son los generadores de las acciones. Si estos pensamientos no son neutralizados, pueden crear un veneno mortal en el cuerpo que causa enfermedad y dolor. Los pensamientos de amor hacen que un cambio químico beneficioso tenga lugar en el cuerpo. Produce vida para renovar la salud, e incluso cambiar pensamientos de muerte por pensamientos de vida. Así como el corazón iguala el flujo vital del cuerpo, el amor armoniza los pensamientos de la mente.

1. ¿Qué sentimientos de amor he creado hacia mi situación pasada y presente?

_____

_____

_____

2. ¿Qué sentimientos estoy luchando por liberar?

_____

_____

_____

    a. ¿Por qué?

_____

_____

_____

3. ¿Qué medidas he tomado para liberar estos sentimientos negativos?

_____

_____

_____

Activar el poder mental del amor requiere concentración diaria para producir una corriente de amor positiva. A cambio, estos pensamientos se separarán y disolverán los pensamientos opuestos de odio, culpa, vergüenza y humillación.

Cuando nos vimos obligados a sobrevivir en una situación llena de limitaciones posesivas, constriñó nuestro sentido de libertad. Esta restricción trajo consigo nuestros sentimientos de vergüenza y humillación, junto con la culpa que llevamos sobre pensamientos de escapar de nuestro abusador a cualquier costo. A veces, el costo podría implicar daño corporal para nuestro abusador, agregando remordimiento adicional. Estos sentimientos son impulsos normales de supervivencia que se deben a una situación abusiva. No deberías sentir culpa por querer seguir vivo o libre de daño.

1. ¿Alguna vez pensé en cómo dañar o lesionar a mi abusador?

_____
_____
_____

    a. ¿Alguna vez deseé que murieran?

_____
_____
_____

    b. ¿Con qué frecuencia pensaba esto?

_____
_____
_____

    c. ¿La situación mejoró alguna vez?

_____
_____
_____

d. ¿El abuso se detuvo alguna vez? Si es así, ¿cuánto tiempo?

_____

_____

_____

e. ¿Qué causó que el abuso se detuviera?

_____

_____

_____

2. ¿Alguna vez fui gravemente herido u hospitalizado?

_____

_____

_____

a. ¿Cuántas veces?

_____

_____

_____

b. ¿Cuándo? (Ser específico)

_____

_____

_____

c. ¿Qué excusas me dio mi abusador?

_____

_____

_____

3. ¿Qué has aprendido sobre tu relación abusiva?

_____

_____

_____

4. ¿Considero que el abuso es tanto físico como mental?

_____

_____

_____

5. ¿Está bien uno u otro en una relación?

_____

_____

_____

   a. ¿Es aceptable algún abuso?

_____

_____

_____

6. ¿Cómo describiría mis sentimientos hacia mi abusador? Por ejemplo, ¿Amor, odio, miedo, lástima, entumecimiento o no lo sabes?

_____

_____

_____

    a. Explique en detalle.

    _____

    _____

    _____

7. ¿En cuántas relaciones abusivas he estado involucrado? ¿Incluir alguna situación familiar?

_____

_____

_____

    a. ¿Dónde los conocí?

    _____

    _____

    _____

    b. ¿Cuánto duró la relación?

    _____

    _____

    _____

c. ¿Cuál es el estado ahora?

_____

_____

_____

8. ¿El abuso fue de un familiar?

_____

_____

_____

    a. ¿Quién? ¿Y por cuánto tiempo?

_____

_____

_____

    b. ¿Qué implicó el abuso?

_____

_____

_____

    c. ¿Alguna vez informé a alguien?

_____

_____

_____

Emociones sexuales

Discutir el sexo en cualquier contexto puede ser incómodo para cualquiera, no estás solo. Una gran parte de la relación abusiva entrañaba encuentros sexuales consentidos y forzados. Las relaciones sexuales son un acto personal, uno que está destinado a basarse en el amor y el respeto por la otra persona. Cuando el sexo se vuelve cruel y abusivo, nuestra naturaleza misma es violada y nos retiramos dentro de nosotros mismos aún más. La retirada es tan severa que a veces es como si tuviéramos a otra persona viviendo dentro de nosotros, y ambos están luchando por el control. Todas estas son emociones normales después de un evento traumático y tu participación no es nada por lo que deberías sentir vergüenza o culpa.

La idea de discutir el sexo de cualquier manera puede ser incómoda. Es posible que ni siquiera desee completar esta sección del paso, preguntándose cómo hablar de sus encuentros sexuales podría ayudar. Pero, para que podamos avanzar con nuestras vidas debemos entender el pasado y las decisiones que tomamos. Catalogar los encuentros sexuales del pasado es un recordatorio de nuestros defectos, especialmente si las incidencias se refieren a abusos por abuso sexual, amenazas o fuerza física. Los seres humanos aprenden a través de la repetición y la observación. En otras palabras, somos productos de nuestro entorno. Debes aprender a estar en paz con tu sexualidad. Será el factor decisivo en cualquier relación sana futura.

1. ¿Cuándo fue mi primer encuentro sexual?

_____
_____
_____

a. ¿Con quién?

_____

_____

_____

b. ¿Por qué?

_____

_____

_____

c. ¿Cuánto tiempo duró?

_____

_____

_____

d. ¿Cuáles son mis sentimientos sobre la relación ahora?

_____

_____

_____

2. ¿He confundido el sexo con el amor?

_____

_____

_____

a. ¿Cuáles fueron los resultados? ¿Cómo me hizo sentir eso?

_____

_____

_____

3. ¿Alguna vez he usado el sexo para evitar la soledad o para llenar un vacío espiritual?

_____
_____
_____

4. ¿De qué manera busqué sexo o evité el sexo?

_____
_____
_____

5. ¿Es el sexo un requisito previo en mis relaciones?

_____
_____
_____

6. ¿Qué significa para mí una relación sana?

_____
_____
_____

7. ¿Pienso o creo que alguna vez tendré una relación sana con alguien?

_____
_____
_____

      a. Si es así, ¿cuándo?

_____
_____
_____

8. ¿Cómo debo proceder con esta decisión?

_____

_____

_____

   a. Si no, ¿por qué?

      _____

      _____

      _____

   b. Dé razones.

      _____

      _____

      _____

8. ¿Cuáles son algunos pasos que puedo dar para avanzar antes de entrar en otra relación?

_____

_____

_____

9. ¿Por qué creo que estos pasos son importantes?

_____

_____

_____

10. ¿Creo que desarrollar una relación con el Dios de mi entendimiento es importante?

_____

_____

_____

    a. ¿Por qué?

          _____

          _____

          _____

    b. ¿Cómo puede ayudar esto con las relaciones futuras?

          _____

          _____

          _____

11. ¿Cómo ha cambiado mi vida la relación con mi Poder Superior?

_____

_____

_____

12. ¿Alguna vez siento que puedo amarme?

_____

_____

_____

c.   ¿Merezco ser feliz?

_____

_____

_____

d.   ¿Por qué o por qué no?

_____

_____

_____

13. ¿Qué significa amarme?

_____

_____

_____

14. ¿Qué significa amar a otra persona?

_____

_____

_____

a.   ¿Significa temerles a ellos?

_____

_____

_____

b.   ¿Significa ser esclavo de sus necesidades?

_____

_____

_____

c. ¿Significa ser un juguete sexual?

_____

_____

_____

d. ¿Significa ser maltratado, mental o físicamente?

_____

_____

_____

e. ¿Significa renunciar a su propia vida por ellos?

_____

_____

_____

f. ¿Me avergüenzo o me avergüenzo de alguna de mis prácticas sexuales o de cualquier práctica que mi abusador me haya obligado?

_____

_____

_____

1. ¿Qué son?

_____

_____

_____

2. ¿Cuándo ocurrieron?

_____

_____

_____

3.   ¿Cuáles son mis sentimientos acerca de los acontecimientos ahora?

_____

_____

_____

Maltrato

Debemos extremar las precauciones antes de trabajar en esta sección. De hecho, es posible que incluso tenga que posponer esta porción hasta una fecha tardía. Use su sentido del juicio antes de comenzar esta sección. Si tienes alguna duda, escríbelas y coméntalas con un patrocinador o entrenador de vida. El dolor que puede sentir dentro al trabajar a través de esta parte de este paso puede ser inquietante si no está esperando el resultado. En la mayoría de los casos, estas incidencias fueron causadas por alguien en quien confiábamos o pensábamos que nos amaba, y admitir que fuimos violados de cualquier manera puede ser muy doloroso. Es importante completar este paso cuando esté listo. Sin embargo, el secreto de llevar este dolor dentro puede causar un comportamiento destructivo continuo. Confesar la verdad de nuestro abuso libera el dolor y permite que nuestra mente y cuerpo sanen.

El abuso nunca es aceptable en ninguna circunstancia. No tenemos la culpa.

1. ¿Alguna vez he sido abusado (física, mental, emocionalmente)?

_____

_____

_____

a. ¿Por quién?

_____

_____

_____

b. ¿Cuándo?

_____

_____

_____

c. ¿Con qué frecuencia? ¿Cuál fue la duración?

_____

_____

_____

2. ¿El abuso ha afectado mis relaciones con otras personas?

_____

_____

_____

a. ¿Cómo?

_____

_____

_____

3. ¿Qué pasos debo tomar para ser restaurado a la integridad espiritual?

_____

_____

_____

a. ¿Cómo puedo pedirle ayuda a mi Poder Superior?

_____

_____

_____

4. ¿Todavía estoy plagado de recuerdos de mi abuso?

_____

_____

_____

5. ¿El abuso es la razón de mi miedo a desarrollar nuevas relaciones?

_____

_____

_____

a. ¿Por qué?

_____

_____

_____

Activos

Muchos de nosotros hemos pasado una buena parte de nuestras vidas buscando o recibiendo instrucciones de mirar nuestros errores. Cuando solo nos identificamos con la naturaleza de nuestros errores, puede amplificar los recelos en nuestras vidas. Este punto de vista nos deja con una imagen unilateral. Nuestras vidas se han llenado de suficiente dolor y angustia. La construcción de buenos rasgos de carácter comienza con la concentración en nuestros activos.

1. ¿Cuáles son algunos atributos de mí mismo que me gustan?

_____
_____
_____

2. ¿Qué me apasiona?

_____
_____
_____

3. ¿Cuál creo que es mi propósito en la vida?

_____
_____
_____

4. ¿Cómo podría lograr ese propósito?

_____
_____
_____

   a. ¿Qué pasos tendría que dar para descubrir mi propósito?

_____
_____
_____

5. ¿Cuáles son 5 goles que tengo para mí?

_____
_____
_____

a. ¿Puedo crear una línea de tiempo para estos objetivos?

_____

_____

_____

Búsqueda de éxito

Pasar del pasado al presente requiere un compromiso: entregad todo a vuestro poder superior. Solo después de que te hayas vuelto dispuesto y aceptando puedes alcanzar el éxito en tu vida. El éxito es algo que debes buscar; actuar y progresar a través de cada etapa en su viaje a la restauración.

Un método para encontrar el éxito es escribir literalmente tu plan, de principio a fin. Cuanto más específico seas acerca de los logros que quieres alcanzar, mayor será tu éxito. Otro ingrediente es pensar en grande, y no pongas límites a tus habilidades. Con Dios todas las cosas son posibles.

Esta parte de estos pasos está pensada para ser divertida, así que aprovecha el tiempo. Detallar objetivamente tus sueños y metas con buenas intenciones proporcionará el éxito que deseas.

Comience esta sección con dos listas de éxitos reales. El primero debe ser una línea de tiempo que detalle su proceso de restauración. La segunda será la lista de tus planes, sueños y metas. Manténgalos sencillos de comenzar y asegúrese de que contengan logros factibles. Esto está destinado a aumentar su autoestima, no disminuirla. No olvide incluir el éxito que ha tenido al llegar tan lejos en el trabajo de estos pasos. Esto es todo un logro y deberías estar orgulloso.

Crea una cronología de tu éxito.

a. Sé específico.

_____

_____

_____

b. No temas al éxito.

_____

_____

_____

c. Piensa en grande el gran sueño.

_____

_____

_____

Mantenga sus metas para el éxito a sí mismo
"Cuando alguien no puede ver el éxito por sí mismo, no puede verlo por ti".

Secretos

El mensaje de este paso es muy revelador y debe contemplarse antes de continuar. ¿Hay algo que se te haya pasado por alto o que hayas omitido porque era tan malo que no puedes incluirlo en tu inventario? Si es así, por favor entiendan que no están solos y guardar secretos es destructivo para su restauración. Cuanto más tiempo sostengas este secreto muestra una falta de confianza con tu Poder Superior y no te has rendido completamente. Sigues viviendo de la voluntad propia, no viviendo por la voluntad de Dios.

1. ¿Hay algún otro secreto que no escribí en su inventario?

_____

_____

_____

   a. ¿Qué son?

   _____

   _____

   _____

   b. ¿Por qué no escribí sobre ellos?

   _____

   _____

   _____

Si es así, no estás solo. Muchos de nosotros hemos descubierto secretos que no podemos revelar a nadie. En este caso, escriba la cuenta en papel, enumerando los detalles. Después de esto, cuenta todos los aspectos de la incidencia y quema el papel. Libéralo a tu Poder Superior y déjalo descansar, no le des al asunto otro pensamiento. El tiempo revelará los detalles necesarios cuando estés listo para manejarlos. Que la confianza y la fe sean su guía.

2. ¿Puedo escribir sobre ellos y compartirlos con mi poder superior?

_____

_____

_____

   a. ¿Puedo pedir orientación para resolver los problemas?

   _____

   _____

   _____

3. ¿Alguna parte de mi inventario es falsa o se le dice que engañe a alguien?

_____

_____

_____

Fe revelada

Revelaciones de esta magnitud pueden crear muchos recelos falsos. Se sugiere que al menos discutamos nuestros sentimientos con nuestro patrocinador o entrenador de vida para asegurarnos de que entendemos la realidad de nuestras emociones. El pasado puede arrastrarse sobre nosotros en cualquier momento dado y proporcionar información falsa. Tener una segunda opinión siempre es una gran confirmación. La exploración de estas emociones es importante, si no nos detenemos en ellas tanto que tomen el control de nuestras vidas de nuevo.

El mensaje del Paso Cuatro crea los inicios iniciales de nuestra restauración.

Paso cinco:

"Admitimos ante Dios, ante Nosotros mismos y ante Otro Ser Humano la Vergüenza y Humillación de Nuestra Aceptación de la Violencia que Nos Retenía la Vida".

Sección cinco - Potencia: Cada palabra produce según su tipo... primero en la mente, luego en el cuerpo, y eventualmente los asuntos del individuo.

Admitiendo a Dios, a nosotros mismos y a otro ser humano la vergüenza y la humillación de la violencia retenida en nuestra vida, participamos en las etapas de la restauración. Nuestra admisión alienta el sentido de confianza en este programa y el progreso en el proceso de restauración. Solo podemos vivir con la esperanza de la restauración si el deseo de alcanzar el éxito es mayor que el deseo de permanecer en nuestra situación actual.

1. ¿Tengo alguna reserva sobre este paso?

_____
_____
_____

2. ¿Qué son?

_____
_____
_____

   a. Explicar.

_____
_____
_____

Admitido a Dios

Nuestra mente y nuestro cuerpo están conectados como una unidad, y lo que afecta a la mente afecta al cuerpo. Todas estas situaciones traumáticas crean una reacción adversa con todas las partes del cuerpo. Cuando las ocurrencias ocurren durante un período, las ramificaciones se convierten en realidad. La mente comienza a crear razones para el abuso como una forma de compensar la confusión, dolor y angustia causada por la situación. Sin ninguna información nueva que usar, la mente usa experiencias pasadas para producir estas ideas. En este caso, el círculo de violencia continúa en un patrón repetido hasta que algo causa un cambio drástico. La alteración rompe el círculo inflexible de la devastación y comienza una nueva transformación.

1. ¿Estoy dispuesto a hablar abiertamente con otro ser humano sobre mi abuso?

_____

_____

_____

   a. ¿Por qué o por qué no?

_____

_____

_____

2. ¿He orado y hablado con mi poder superior para que me guíe?

_____

_____

_____

   a. ¿Qué ayuda he pedido?

_____

_____

_____

   b. ¿Por qué?

_____

_____

_____

Para nosotros mismos

En nuestra situación abusiva la idea del perdón no era el centro de atención, nuestra supervivencia sí. El mero hecho de existir en estas condiciones deplorables era impensable la mayor parte del tiempo y se hizo evidente que el cambio era necesario para que la vida continuara. Sin embargo, encontrar una manera de escapar y "Salir Vivos" no parecía posible hasta que abrimos nuestras mentes para liberar. Fue el concepto de cambio y esperanza lo que instigó un plan de escape. Una vez plantadas estas semillas y comenzado el crecimiento, pudimos ver una salida. La distracción era una salida ideal, y nos daba un respiro del abuso. La esperanza estaba viva de nuevo y la libertad se hizo realidad. Sin embargo, la idea de admitir la humillación de nuestro abuso puede causar pánico para muchos de nosotros. Tememos las ramificaciones del recurso social, el rechazo o la humillación adicional. Lo que no entendemos es que la admisión por sí sola puede traernos la paz que tanto necesitamos.

1. ¿Puedo reconocer y aceptar la naturaleza exacta de mi abuso?

_____

_____

_____

2. ¿Cómo hacer que esta admisión cambie la dirección de mi vida?

_____

_____

_____

3. ¿Me he perdonado a mí mismo por haber sido abusado?

_____

_____

_____

4. ¿Sigo sintiendo vergüenza?

_____

_____

_____

    a. Explicar.

_____

_____

_____

5. ¿Puedo aceptar el abuso como parte de la vida que viví?

_____

_____

_____

6. ¿Cómo es útil aprender a amarme?

_____

_____

_____

7. ¿He aceptado cada parte de mi cuerpo como Dios me creó?

_____

_____

_____

a. ¿Por qué o por qué no?

_____

_____

_____

b. Explicar.

_____

_____

_____

8. ¿He aceptado mi situación actual sea lo que sea?

_____

_____

_____

a. ¿Entiendo que todo cambia y que nada permanece igual?

_____

_____

_____

A Otro Ser Humano

Admitir la humillación de nuestro abuso puede causar puro terror para muchos de nosotros. Tememos las ramificaciones del recurso social, el rechazo o la humillación adicional.

La naturaleza de este próximo paso es un proceso que puede tardar algún tiempo en llevarse a cabo. El camino a la restauración es una progresión individual para su vida, no la vida de otra persona. Elige con cautela y cuidado antes de elegir un patrocinador con el que compartir tu admisión. Esto aliviará la incomodidad que pueda estar sintiendo.

1. ¿He encontrado a alguien con quien hablar?

_____

_____

_____

2. ¿Estoy dispuesto a hablar con ellos ahora?

_____

_____

_____

3. ¿He hablado abiertamente con esta persona sobre ser un patrocinador o socio responsable?

_____

_____

_____

4. ¿Qué miedo tengo todavía de compartir con alguien?

_____

_____

_____

5. ¿Qué cualidades comparte la otra persona conmigo?

_____

_____

_____

6. ¿Escuchan bien?

_____
_____
_____

7. ¿Han completado este paso con éxito?

_____
_____
_____

8. ¿Son compasivos con mi miedo?

_____
_____
_____

9. ¿Cómo los conocí?

_____
_____
_____

10. ¿Tienen alguna afiliación con mi pasado abusador o viejos amigos?

_____
_____
_____

11. ¿Me conocen y por cuánto tiempo?

_____
_____
_____

12. ¿Serán parciales y me darán su guía honesta?

_____

_____

_____

Liberar la fe

En este paso, debemos enfocarnos en la autohonestidad y el compromiso con la verdad. Es una parte esencial de la curación. No podemos crecer permaneciendo en la negación.

1. ¿Siento que el mensaje de este paso mejorará mi vida?

_____

_____

_____

2. ¿De qué manera he desarrollado el valor para trabajar a través de este paso?

_____

_____

_____

3. ¿Me da valor mi relación con mi poder superior?

_____

_____

_____

a. ¿Por qué?

_____
_____
_____

b. ¿Cómo?

_____
_____
_____

4. ¿Cómo ha aumentado mi autoaceptación trabajando a través de este paso?

_____
_____
_____

5. ¿Puedo empezar a amarme a mí mismo?

_____
_____
_____

6. ¿Qué principios he aprendido de este paso?

_____
_____
_____

7. ¿He fijado una hora y un lugar para mi quinto paso? ¿Cuándo y dónde?

_____

_____

_____

Practicar la autohonestidad es una parte esencial del proceso de restauración y es la única manera de encontrar la verdadera felicidad y libertad. Estas realizaciones son dolorosas. Sin embargo, si canalizamos nuestra atención a otros sentimientos que surgen a través de este proceso, podemos despertar a la promesa de ESPERANZA.

1. ¿Cómo he evitado la autohonestidad en el pasado?

_____

_____

_____

2. ¿Practicar la autohonestidad me ayuda a aceptarme?

_____

_____

_____

3. ¿He podido desarrollar confianza para otra persona a través de este paso?

_____

_____

_____

4. ¿Cómo ha cambiado mi visión de mí mismo después de trabajar en este paso?

_____

_____

_____

5. ¿Todavía tengo alguna reserva?

_____

_____

_____

   a. ¿Qué son?

   _____

   _____

   _____

   b. ¿Por qué?

   _____

   _____

   _____

No podemos crecer permaneciendo en la negación.

Paso seis:

"Estábamos completamente listos para liberar y pedirle a Dios que eliminara todos estos defectos de carácter".

Sección Seis - Imaginación: La imaginación es la tijera de la mente; se crean las imágenes, que toman sus pensamientos y les dan forma.

Comenzamos a trabajar a través del Paso Seis lleno de alivio y una idea de lo que significa la libertad. Nuestra esperanza de un futuro sin abusos es brillante. Hemos visto el daño de nuestro pasado y cómo afectó al presente. Incluso hemos visto un vistazo de cómo podemos empezar a corregir los problemas, pero primero debemos estar completamente dispuestos a que Dios elimine nuestros defectos de carácter.

En el proceso de trabajar a través de los últimos cinco pasos hemos comenzado a ver los patrones en nuestro comportamiento y llegamos a entender cómo es probable que actuemos sobre los mismos defectos una y otra vez. Esta conciencia trae un reconocimiento consciente de nuestras acciones y la voluntad de que se eliminen nuestros defectos de carácter. Estas imperfecciones son la creación del pasado que soportamos. No constituyen la persona que estamos dentro. Nuestra verdadera naturaleza es el total de nuestros pensamientos. La imagen que llevas en este interior es lo que brilla a través de para que todo el mundo vea. La paciencia y el trabajo continuo son las claves de la consistencia y el único patrón que inicia la restauración completa.

El proceso de eliminación puede parecer toda una vida cuando nos enfrentamos a imágenes y pensamientos aterradores. A veces crea una falsa realidad que nos lleva a creer que no podemos sobrevivir por nuestra cuenta. Esto es falso, un concepto completamente ridículo. El miedo nos mantiene encerrados en un tren de pensamiento que minimiza nuestros patrones de comportamiento; el miedo infundado permanece mucho tiempo después de que la situación real haya pasado. Solo aceptando nuestros defectos de carácter y entendiendo por qué han controlado nuestras vidas podemos empezar a liberar el miedo y avanzar.

Dejar atrás nuestros defectos de carácter puede parecer una tarea desalentadora, pero es exactamente lo contrario. Cuando comienzas a imaginar tu vida agradable y feliz, tus procesos de pensamiento cambiarán por sí solos. La ciencia ha demostrado que hay 20 veces más nervios corriendo de los ojos que de los oídos. Los resultados son mucho más rápidos cuando imaginas lo que quieres en lugar de solo escucharlo o que alguien te lo diga. La claridad es la clave; imagina las imágenes como ya están en su lugar. En otras palabras, si quieres estar sano, imagínate joven y vibrante. Practique esta técnica durante un corto tiempo todos los días, especialmente cuando empiece a sentirse deprimido o inseguro acerca de su situación. El cambio llega cuando uno está dispuesto a aceptarlo y abrazar un futuro brillante y próspero.

1. ¿Hay partes de mí que me gustan, pero temen que sean mis defectos?

_____
_____
_____

2. ¿Tengo miedo de convertirme en alguien que no me gusta?

_____
_____
_____

3. ¿Qué defectos creo que se eliminarán?

_____

_____

_____

Pidiendo liberación

¿Cuántas veces te has preguntado cómo sería tu vida sin el abuso y la constante tortura que pone en peligro tu vida? El proceso de querer que las cosas sean mejores y que vivan seguras, libres de daño diariamente es normal. Una vida llena de comodidad y prosperidad es un aspecto prometido de creer en un poder superior.

1. ¿Sigo creyendo en el proceso de restauración?

_____

_____

_____

2. ¿Creo en el cambio?

_____

_____

_____

3. ¿Cómo he cambiado hasta ahora?

_____
_____
_____

4. ¿Cuáles son algunas cosas que quiero cambiar sobre mí?

_____
_____
_____

5. ¿Cómo me imagino en un año?

_____
_____
_____

6. ¿Todavía tengo defectos que no creo que puedan ser eliminados?

_____
_____
_____

   a. ¿Qué son?

_____
_____
_____

7. ¿Cómo creo que un poder superior puede ayudar a cambiar mi vida?

_____

_____

_____

    a. ¿Qué aperturas puede crear mi poder superior para que yo cambie?

_____

_____

_____

Nuestros defectos

Nuestro proceso para eliminar nuestros defectos de carácter en este paso es muy parecido a los dos primeros pasos. La diferencia es que ahora tenemos una buena idea de lo que significa aceptación y rendición. Cuando nos enfrentamos a la situación de un individuo abusivo, el concepto de control estaba fuera de discusión. Toda nuestra vida estuvo rodeada de miedo y una circunstancia autoritaria, que eventualmente causará el fin de la persona que estábamos destinados a ser. Aprendemos a suprimir cualquier emoción que justifique nuestro continuo abuso. Este estado mental permite que nuestro instinto de supervivencia corra a toda máquina. Al hacerlo, nuestro cuerpo se acostumbra tanto a este vuelo o respuesta de lucha, la realidad ya no existe en nuestras vidas. Nos desprendemos de nuestros cuerpos. Nuestras mentes y cuerpos se convierten en entidades separadas, y a medida que el abuso continúa, nublamos todas las emociones completamente. Debemos aprender durante este paso a desbloquear esa bóveda, a volvernos vulnerables y pedir que estos defectos sean liberados.

1. ¿Cómo estoy trabajando para liberar o controlar la liberación de mis defectos de carácter?

   _____
   _____
   _____

2. ¿Cuál es la diferencia entre estar completamente listo para que Dios elimine mis defectos de carácter o reprimirlos yo mismo?

   _____
   _____
   _____

3. ¿Cómo aumenta mi confianza con Dios en este paso?

   _____
   _____
   _____

4. ¿Qué acciones puedo tomar para mostrar mi disposición en la liberación de mis defectos de carácter?

   _____
   _____
   _____

La lista

Los defectos de carácter son los indicadores de la naturaleza humana básica. Encontraremos a medida que progresemos en este programa que tenemos la misma naturaleza básica que cualquier otro. Estos comportamientos naturales nos hacen humanos. En estas acciones tomamos las mismas decisiones que otros; estas elecciones se basan en necesidades, deseos y a veces deseos. Los eventos futuros son representados por las acciones que creamos debido a nuestras emociones. Cuando aprendemos a mantener el equilibrio y la consistencia a través de la guía de nuestro Poder Superior, nuestras vidas se vuelven manejables. Nuestro objetivo es crear conciencia de nuestros defectos para que podamos estar completamente listos para su liberación. Esto no se hace analizando su origen o indulgencia en un brote de autodegradación. Es aprender a aceptar la elección que hicimos y dejar de esperar un pasado mejor.

Enumere cada defecto y dé una breve descripción. A continuación, enumere el combate al principio espiritual con su definición.

1. ¿De qué manera he actuado sobre defectos de carácter?

   _____

   _____

   _____

2. Cuando actúo sobre mis defectos de carácter, ¿cómo me hace sentir?

_____

_____

_____

3. ¿Cómo asocio estos defectos con ciertos sentimientos?

_____

_____

_____

4. ¿Qué principio espiritual puedo usar para contrarrestar estas acciones?

_____

_____

_____

Liberar la fe

El paso seis se basa en la voluntad de cambiar nuestros pensamientos sobre lo que creemos que somos. Al hacerlo, permitimos que la verdadera naturaleza de nuestra alma sea expuesta. Comprometerse con el proceso de restauración es un compromiso continuo con la vida que elegimos vivir, no con la vida que alguien elige para nosotros.

1. ¿Cómo estoy demostrando mi compromiso con la restauración hoy?

_____

_____

_____

2. ¿Estoy comprometido con mi restauración?

_____

_____

_____

3. ¿Cuál es el mensaje detrás del Paso Seis?

_____

_____

_____

La aplicación del Paso Seis es simplemente la voluntad de aceptar a la persona que somos, sin importar lo que pensemos que puedan ser nuestros defectos de carácter. Es imperativo amarte a ti mismo tal como fuiste creado; eso incluye tus errores y logros. Cualquier falta de voluntad para aceptar el pasado y reconocer el futuro como brillante y alegre eventualmente paralizará nuestro crecimiento espiritual.

1. ¿Estoy dispuesto a pedir que todos mis defectos de carácter sean liberados en este momento?

_____

_____

_____

   a. Si no, ¿por qué?

      _____

      _____

      _____

   b. ¿Cuándo creo que estaré listo?

      _____

      _____

      _____

2. ¿Qué decisiones debo tomar antes de estar dispuesto?

_____

_____

_____

La cantidad de voluntad corresponde con la cantidad de fe y confianza que han desarrollado trabajando a través de estos pasos. Debemos aprender a creer que nuestro Poder Superior trabajará en nuestras vidas en el grado exacto necesario.

1. ¿Qué nivel de disposición llevo actualmente?

   _____
   _____
   _____

2. ¿Qué nivel de confianza y fe he desarrollado en este momento?

   _____
   _____
   _____

3. ¿Creo que mi poder superior está funcionando en mi vida?

   _____
   _____
   _____

   a. ¿Hasta qué punto y por qué?

      _____
      _____
      _____

A medida que avance en el proceso de restauración, su vida cambiará drásticamente. Los sentimientos de incertidumbre sobre tu futuro pueden llegar a ser abrumadores a veces, incluso insoportables. Pero es durante estos tiempos cuando más crecimiento se puede lograr con el estado de ánimo adecuado. Aprender a soñar y crear la vida de nuestra elección es algo que la mayoría de nosotros nunca imaginamos posible. Por lo tanto, tómese este tiempo para enfocarse en la visión de lo que elegimos obtener en nuestra restauración y mantener la visión durante el resto del proceso.

1. ¿Qué me veo haciendo con la visión que creé?

_____

_____

_____

2. ¿Qué tipo de carrera deseo obtener?

_____

_____

_____

3. ¿Qué haré con mi tiempo libre?

_____

_____

_____

4. ¿Qué clase de padre, hijo, pareja o amigo seré?

_____

_____

_____

a. Sé específico.

_____

_____

_____

b. Crear una lista de objetivos.

_____

_____

_____

_____

_____

_____

_____

Paso siete:

"Humildemente le pedimos que nos quitara nuestras carencias".

Sección Siete - Entendimiento: Un estado mental pacífico trae la solución a cualquier problema. La mente tranquila cura.

A través de cada paso estamos despojando de todo lo malo que ha pasado en nuestra vida, junto con los aspectos de nuestro comportamiento y acciones que nos llevaron a este programa. A medida que las partes de nuestras vidas se despegan, aumenta la conciencia de cada deficiencia, y nos permite obtener una mejor comprensión de las elecciones que hicimos y por qué los resultados resultaron como lo hicieron.

Este entendimiento trae familiaridad y hasta una serena calma, porque finalmente vemos las consecuencias de las elecciones que hicimos. A medida que este proceso se lleva a cabo, ganamos un aprecio por la humildad y la rendición. Deseamos ansiosamente ser liberados de las oscuras imágenes del pasado y centrarnos en los principios espirituales. A medida que este proceso tiene lugar, también obtenemos una mayor comprensión de nuestra fe.

1. ¿Cuándo empecé a notar la calma que se asentaba sobre mi vida?

_____
_____
_____

2. ¿Qué partes sanas de mí han salido a la superficie?

_____
_____
_____

3. ¿Qué porciones temerosas aún conservo?

_____
_____
_____

4. ¿Cómo es que conocer mis temibles porciones me trae paz?

_____
_____
_____

Preparación para la liberación

Este paso consiste en entender la realidad de nuestra relación abusiva y el papel que desempeñamos. Es cierto que no tenemos la culpa por el abuso o la situación destructiva, pero nuestra elección con respecto a la relación inicial y la pareja es un área de nuestra vida que tenemos que abordar. Somos amos del secreto, del silencio y de la manipulación del comportamiento, no para nuestro beneficio, sino para nuestra supervivencia.

El Paso Siete puede darnos nuestra primera experiencia de sentir algo de compasión por nosotros mismos. Podemos cometer errores, olvidar algo o no conseguir que se hagan todas nuestras tareas por el día y no temer una situación abusiva. Está bien ser humano y solo cuidarnos a nosotros mismos.

Podemos decir no a algo simplemente porque no se adapta a nuestras necesidades. Finalmente podemos desarrollar una conexión con los demás, sabiendo que todos estamos sujetos a las mismas inseguridades y fallas que todos los demás. Aprendemos a aceptar nuestros sueños y metas para el futuro como importantes. Tenemos derecho a la felicidad, el éxito y la prosperidad.

1. ¿Cómo afecta la aceptación de mi humanidad a mi restauración?

_____
_____
_____

2. ¿Cómo me ayuda este conocimiento a aceptar quién soy?

_____
_____
_____

3. ¿Cómo ha mejorado mi relación con mi Poder Superior trabajando en este paso?

_____
_____
_____

4. ¿Cómo me han ayudado los pasos anteriores a superar este paso?

_____

_____

_____

Liberar mis deficiencias

Para eliminar cualquier cosa en nuestras vidas debemos estar dispuestos a alejarnos, no importa cuáles sean las consecuencias. Renunciar a algo significa simplemente hacer espacio para su bien mayor.

Una vez que aprendas a desarrollar una relación honesta y sincera contigo mismo, te dará una oportunidad para liberar cualquier deficiencia que esté limitando el progreso continuo. Cuando puedes aceptar completamente todos los aspectos de quién eres, tu vida cambiará de maneras que ni siquiera puedes imaginar. Estas cosas incluyen aspectos físicos, así como el estado educativo, o la situación financiera. Cuando aprendes a centrar los pensamientos en tus atributos, los talentos naturales te permitirán convertirte en el increíble individuo para el que fuiste creado.

1. ¿Cómo voy a pedirle a Dios que me quite las carencias?

_____

_____

_____

2. ¿Pueden otras personas ayudarme a guiarme en este proceso?

_____

_____

_____

Tomando medidas

En este punto, usted puede estar preguntándose cómo se supone que se siente. Esta es una gran pregunta, porque es este sentimiento que en última instancia le llevará a la restauración que desea. El descubrimiento es el aspecto clave para encontrar soluciones. Es en estas expresiones donde percibes el poder de ver con tu comprensión. Ver algo es ser capaz de entender. No ves con tus ojos tanto como ves a través de tus ojos, de acuerdo a lo que entiendes. Ahora la voluntad de actuar de acuerdo a lo que ustedes entienden es lo que los moverá a la siguiente fase de su restauración.

1. ¿Cómo ayudará mi rendición a eliminar mis defectos?

_____

_____

_____

2. ¿Cuáles son los beneficios de dejar que mi Poder Superior funcione en mi vida?

_____

_____

_____

3. ¿Cómo se siente saber que Dios está trabajando en mi vida?

_____

_____

_____

4. ¿Creo que mi Poder Superior eliminará mis defectos?

_____

_____

_____

5. ¿Siento que esta liberación me dará la libertad que necesito en mi vida?

_____

_____

_____

Liberar la fe

Este es el punto en nuestro programa que podemos preguntarnos cómo se supone que debemos sentir. Podemos encontrarnos intranquilos y luchando con ciertos aspectos de nuestra restauración, incluso con nuestro nivel de espiritualidad. Todos estos son signos normales de restauración y de tomar conciencia de nuestras acciones y emociones relacionadas con esas acciones.

En la mayoría de los casos, estas experiencias son claras señales de éxito, un deseo continuo de mejorarnos: Buscar soluciones pacíficas a las incidencias que se producen, tomar decisiones en un estado mental tranquilo sin temor a sufrir daños físicos o perder esa sensación constante de tener que contentar a todos en nuestra vida; básicamente, un comportamiento apabullante y tranquilo en todos los aspectos de nuestra existencia.

1. ¿En qué áreas de mi vida he visto más mejoras?

_____
_____
_____

2. ¿Qué áreas aún me cuesta liberar?

_____
_____
_____

3. ¿He desarrollado una rutina diaria de oración o meditación para aliviar los miedos o dudas que aún tengo?

_____

_____

_____

4. ¿He escrito una lista de gratitud?

_____

_____

_____

    a. ¿Por qué o por qué no?

_____

_____

_____

5. ¿Qué logros he conseguido trabajando a través del Paso Siete?

_____

_____

_____

6. ¿Qué deficiencias se han eliminado para superar este paso?

_____

_____

_____

7. ¿Qué dudas mantengo aún después de trabajar este paso?

_____

_____

_____

El siguiente paso fue diseñado para nuestra tranquilidad y cordura, no para nuestros abusadores'. El proceso nos ayudará a aprender a desarrollar relaciones de confianza, no de miedo. Cuando comiences a prepararte para trabajar a través del Paso Ocho, recuerda que el perdón es la base de la restauración y el éxito en tu vida. Las enmiendas nos permiten corregir los errores de nuestro pasado. Debes recordar que todos estos pasos fueron diseñados para mejorar tu vida, no la de nadie más. Está bien ser egoísta cuando se trata de mejorar tu propia vida.

Paso ocho:

"Hicimos una lista de todas las personas que nos dañaron, y se volvieron dispuestos a hacer la paz con nuestros abusadores y aceptar el juicio es concedido solo por el Dios de nuestro entendimiento."

Sección Ocho - Voluntad: Si la voluntad de actuar es sin el entendimiento, el caos sobrevendrá en la mente, el cuerpo y los asuntos.

El paso ocho puede resultar ser el más difícil de todos los pasos. Ahora, no vamos a reparar con nuestro abusador, pero debemos lidiar con el perdón. Perdonar a alguien que nos ha causado dolor, tristeza o daño corporal, intencional o no, es uno de los aspectos más difíciles de la restauración. El daño infligido fue tanto físico como emocional. Sin embargo, el daño mental puede reemplazar al físico de muchas maneras. Las heridas y moretones cicatrizan, pero las cicatrices quedan atrás. Estas emociones son mucho más profundas de lo que podemos imaginar en algunos casos.

El concepto de perdón es un acto de renovación completa; lavando lo malo y desvelando lo nuevo. Es un principio espiritual que no debe tomarse a la ligera. Nunca debe haber miedo en el perdón porque permite una liberación de viejos recuerdos y sus experiencias. Cuando has sido lavado limpio del pasado, tu plan divino puede desarrollarse como se supone. Cuanto más rápido liberes y perdonas, más pronto tu mayor bien puede ser expuesto.

Puede sentir que revisar o escribir sobre el abuso le causará más dolor, pero es lo contrario. Al eliminar la parte de abuso real de su mente, le permite liberar el dolor, la ira, la culpa y la humillación a la parte responsable. Esto deja tu mente libre y aceptando el perdón.

1. Has pasado por una situación traumática y la curación lleva tiempo, así que date un respiro. ¿Cuántas veces al día sientes olas de duda o amargura?

_____

_____

_____

2. ¿Dudo sobre cómo superar este paso?

_____
_____
_____

   a. ¿Por qué? Describa.

     _____
     _____
     _____

En este caso, sus reservas son válidas. Es un gran paso que requiere una completa rendición para que el perdón sea posible. Perdonar no es algo que uno simplemente diga, se trata de cómo uno se siente.

Ciertas situaciones pueden requerir una separación completa de nuestros abusadores. Por lo tanto, no solo nos enfrentamos a la ira de ser abusados, sino que también tenemos que enfrentar la ansiedad de la pérdida. Esto no es diferente a la pérdida sentida por la muerte de un ser querido. El duelo también puede jugar un papel importante. El paso ocho nos guiará a través de las fases de resolver nuestros problemas de perdón.

Cuando empieces a escribir un registro de perdón será diferente a cualquier otra declaración que hagas. Su declaración debe ser específica, que incluya los detalles que abarcan cada palabra hiriente, la incidencia de abuso, o la situación dirigida a usted. Los hechos concretos de las acciones no son necesarios: fechas, horarios, duración, etc. Simplemente comienza a escribir esta declaración como si estuvieras sentado al otro lado de la mesa de tu abusador. Explícale por qué te hieren, cómo te hizo sentir y por qué estás enojado. Sé lo más honesto posible. Escribe la carta con amor, comprensión y compasión. Recuerde, esta declaración es para usted, no para ellos. No les des más control sobre tu vida del que ya tienen.

1. Enumere a las personas que estoy escribiendo una carta de perdón.

_____

_____

_____

   a. ¿Por qué esa gente?

_____

_____

_____

La siguiente fase de este paso es aceptar que puede que nunca obtengamos ningún tipo de reparación de nuestros abusadores. El punto de esta sección no es esperar represalias o venganza. El verdadero perdón surge del amor y la oración por su felicidad. La amargura y la ira solo destruyen la vida de quien las lleva alrededor.

1. ¿Puedo dejar ir estos resentimientos?

_____

_____

_____

a. Si no, ¿puedo añadir estos nombres a la lista y preocuparme por la declaración de perdón en una fecha posterior?

_____

_____

_____

Conviértete en Dispuesto

Ahora que nuestra lista ha sido escrita, es hora de estar dispuestos a escribir las declaraciones de perdón. Estas declaraciones deben ser del corazón y sinceras. De lo contrario, seguiremos repitiendo los mismos patrones. Prometiéndonos que no volveremos a cometer los mismos errores no es suficiente, porque parte de nuestro comportamiento está tan arraigado que ni siquiera somos conscientes de los efectos que ha tenido en nuestras vidas.

1. ¿Por qué es necesario escribir una declaración completa de perdón?

_____

_____

_____

a. ¿No es suficiente una lista de nombres?

_____

_____

_____

2. ¿Y si no puedo perdonar a esta persona?

_____

_____

_____

3. ¿Cómo puede mi Poder Superior ayudar con el perdón?

_____

_____

_____

4. ¿Cómo sería mi vida si ya hubiera encontrado el perdón?

_____

_____

_____

Mientras miras tu lista, pueden aparecer imágenes de tu pasado. Algunas de estas fotos pueden no ser tan atractivas, y muchas de ellas que has querido olvidar durante mucho tiempo. Bueno, ahora tienes la oportunidad de hacer eso. Al liberar estas instancias con amor, creas declaraciones de perdón que provienen del corazón. Creer que puedes encontrar la restauración en tus términos permite eliminar estas experiencias.

1. ¿Hay alguien a quien no haya agregado a mi lista?

_____

_____

_____

   a. ¿Por qué?

_____

_____

_____

   b. ¿Cuándo los agregaré?

_____

_____

_____

2. ¿Soy capaz de liberar a la gente de mi lista con amor?

_____

_____

_____

   a. Si no, ¿por qué?

_____

_____

_____

3. ¿Qué pasos debo seguir para liberarlos?

_____
_____
_____

4. ¿Cómo puede mi Poder Superior ayudarme a liberarlos?

_____
_____
_____

El enfoque de honestidad, coraje y voluntad de trabajar en este paso muestra un verdadero compromiso con la vida que has elegido crear para ti mismo. Debemos aprender a olvidarnos de los resentimientos y culpar a otros por las decisiones que tomamos. Acepta nuestro pasado, y deja de justificar las excusas que hemos puesto para la vida que llevamos. Simplemente necesitamos poner estas cosas en la lista.

1. ¿Cómo es que admitir la naturaleza exacta de mis errores ayuda a trabajar a través del Paso Ocho?

_____
_____
_____

2. ¿Por qué es tan esencial que tenga clara mi responsabilidad?

_____

_____

_____

3. ¿Cuáles son algunos ejemplos de mi honestidad?

_____

_____

_____

4. ¿Cómo se correlaciona esto con este paso?

_____

_____

_____

Ya hemos hablado de hacer nuestra lista. La razón por la que necesitamos escribir esta lista es cómo puede ayudar a nuestra restauración y mejorar nuestra vida. Ahora, veamos la razón por la que no vemos en este momento de nuestra vida. Nuestro futuro es brillante, lleno de éxito, prosperidad y alegría, pero solo si estamos dispuestos y somos capaces de dejar ir estos resentimientos. Cuando embotellamos estas cosas negativas dentro de nuestro cuerpo, crea problemas de salud de todo tipo, y arruina nuestra alegría diaria y cualquier posibilidad de tener alguna vez una relación saludable con cualquier persona. Siempre seremos desconfiados, rencorosos y recelosos de lo que pueda suceder.

Desarrollar relaciones íntimas con otras personas es lo que nos hace crecer en las personas que somos creados para ser. Compartir nuestras esperanzas, sueños y deseos con otros es parte del proceso de restauración. Sólo podemos conservar lo que tenemos cuando lo regalamos. Al mantener los resentimientos, seguiremos viviendo una vida de aislamiento, miedo, desconfianza y secretismo; la única cosa que hemos deseado huir. La elección es tuya y tuya sola.

1. ¿Me he comprometido yo mismo y mi Poder Superior a liberar estos resentimientos?

_____

_____

_____

    a.   ¿Por qué o por qué no?

_____

_____

_____

2. ¿Cuántos resentimientos aún llevo?

_____

_____

_____

a. ¿Qué son?

_____

_____

_____

3. ¿Estoy empezando a ver cómo estos resentimientos pueden arruinar mi oportunidad de felicidad?

_____

_____

_____

    a. ¿Cómo?

_____

_____

_____

    b. ¿Por qué?

_____

_____

_____

4. Enumere los resentimientos que aún tengo y sus definiciones.

_____

_____

_____

Discutir cada una de estas declaraciones de perdón con un patrocinador o amigo de confianza es esencial para que usted reciba los beneficios completos de trabajar este paso. Al compartir sus sentimientos con otra persona, obtendrá una mejor comprensión de hacia dónde debe dirigirse su enfoque.

1. ¿Cómo me siento acerca de tener que orar por la voluntad?

_____
_____
_____

2. ¿Cuáles son algunas cosas que he hecho para aumentar mi disposición?

_____
_____
_____

3. ¿He hecho las paces con mi abusador?

_____
_____
_____

a. ¿Por qué o por qué no?

_____

_____

_____

5.　　¿Le he pedido a mi Poder Superior que me ayude a encontrar la paz?

_____

_____

_____

Cuando hayamos eliminado todos los elementos distractores de nuestro abuso y expuesto el sólido núcleo de serenidad, humildad y perdón, estamos listos para el paso nueve.

Paso Nueve:

"Hicimos Enmiendas Directas a Nosotros Mismos y Declaraciones de Perdón a las Personas Que Nos Han Lesionado".

Sección Nueve - Orden: Discernir la diferencia entre el reconocimiento y la aceptación.

Debido a la magnitud de nuestro abuso, la idea de poder sentarnos y llegar a un entendimiento del perdón y la paz con nuestra situación estaba completamente fuera de discusión. Y sin embargo, aquí están, dispuestos a sentarse y escribir una declaración de perdón. Esta es una carta que se basa en el amor y la absolución; un proceso que finalmente te llevará a la restauración que deseas.

El relato real del abuso es algo que puede que nunca aceptes o entiendas, y eso está bien. El punto es que llegamos a una solución de misericordia y compasión por otro ser humano, incluso cuando nos han hecho daño. La rendición final a su Poder Superior es una de voluntad y solicitud para pedir la liberación de esta montaña rusa emocional en la que han estado por algún tiempo. La pregunta que debes hacerte es, ¿mi voluntad y confianza han crecido lo suficiente como para guiarme a través del Paso Nueve?

1. ¿Ha crecido mi confianza lo suficiente como para comenzar a trabajar en este paso?

_____
_____
_____

    a. Si no, ¿por qué?

    _____
    _____
    _____

2. ¿Cómo debo dar el siguiente paso para mejorar mis problemas de confianza?

_____

_____

_____

3. ¿Estoy listo para tomar el perdón y hacerlo parte de mi vida?'

_____

_____

_____

Absoluciones

Paso Nueve no puede ser envuelto en un pequeño paquete para ser ignorado como una fase menor y se logra rápidamente. Este paso es algo que podría tomar años para completar, o puede que nunca termines este. Cuando usted está finalmente listo para escribir las declaraciones de perdón y centrarse en el resultado de cada uno, se debe hacer una cuidadosa deliberación para discernir las consecuencias de esa decisión. Solo hacemos enmiendas directas a esas personas siempre que sea posible, excepto cuando hacerlo los perjudicaría a ellos o a otros (especialmente a nosotros mismos).

Cuando observamos las decisiones en nuestras vidas que crearon situaciones hirientes, el foco debe estar en las razones por las que se hizo nuestra elección. Por lo tanto, es tan importante enmendar la situación con una deliberación cuidadosa y debemos tener presentes las causas iniciales.

1. ¿Qué significa para mí la reparación?

_____

_____

_____

2. ¿Cuáles son algunas de las razones por las que tengo que enmendar la situación?

_____

_____

_____

3. ¿Cómo hacer las paces es un compromiso de cambio?

_____

_____

_____

Los cambios ocurren lentamente a medida que avanzamos en nuestra restauración. Una guía del proceso es cómo nos sentimos acerca de nosotros mismos y el progreso que hemos logrado durante el tiempo que hemos trabajado a través de estos pasos.

1. ¿Qué significa el progreso en mis sentimientos?

_____

_____

_____

2. ¿En qué parte de estos pasos he avanzado más?

_____

_____

_____

3. ¿Con qué parte de los pasos todavía lucho?

_____

_____

_____

    a. ¿Por qué?

_____

_____

_____

Miedo y expectativas

A veces pensamos que apresurarnos a obtener un resultado aliviará la presión que sentimos dentro cuando en realidad solo agravamos el problema. La culpa superficial y la vergüenza son lo que parece evidente, pero puede haber problemas subyacentes de los que ni siquiera somos conscientes todavía. Estos temas podrían ser la causa inicial de las decisiones que tomamos para entrar en una relación abusiva. La negación ha mantenido a raya las razones. Solo después de que entendamos el comportamiento repetitivo se forma la claridad y se revela la verdadera causa de nuestras elecciones. A menos que lleguemos a una comprensión completa del mensaje enseñado trabajando a través del Paso Nueve. nos estamos aventurando en lo desconocido.

1. ¿Qué significa hacer las paces conmigo mismo?

_____
_____
_____

Un proceso difícil de lograr es limitar sus expectativas de una situación particular. Al asumir un resultado esperado, disminuyes el verdadero propósito de la experiencia. La clave es abrir tu mente a resultados positivos. A medida que comienzas a invocar y liberar el orden en tu vida, todo en tu mundo responderá positivamente.

1. ¿Qué significa tener orden en mi vida?

_____
_____
_____

2. ¿Cómo requiere el Paso Nueve un nuevo nivel de compromiso con mi programa?

_____
_____
_____

Establecer el orden es un estado emocional de la mente. Primero, debes estar dispuesto a detener la locura que reina libre dentro de ti, minimizando cualquier cosa que no resuene de una manera ordenada y tranquila. Deje de tomar decisiones basadas en las sugerencias, preocupaciones o el control forzado de otra persona sobre su vida. Estas lecciones son parte del proceso y la restauración que se encuentra en el trabajo a través de estos pasos. Es la conciencia de las elecciones que debes tomar lo que es importante. Detente, mira, escucha, y luego decide.

1. ¿Cómo he empezado a poner orden en mi vida?

_____

_____

_____

2. ¿Cuáles son mis preocupaciones sobre tratar de complacer a la gente?

_____

_____

_____

   a. ¿He tomado alguna decisión que no le haya gustado a alguien?

_____

_____

_____

b. ¿Qué decisiones?

_____

_____

_____

c. ¿Cómo me sentí después?

_____

_____

_____

3. ¿Cómo ha crecido la conciencia de mis emociones?

_____

_____

_____

4. ¿Puedo aceptar sugerencias de personas sin preocupación, estrés o miedo a mi elección?

_____

_____

_____

Enmiendas: directas e indirectas

Una de las enmiendas más difíciles que jamás harás es para ti mismo. Esto lo convierte en una prioridad que no debe ser ignorada; la liberación vendrá solo cuando estés en paz contigo mismo. Hemos luchado con el miedo, y hemos sido manipulados controlando el comportamiento y la rabia. Incluso las consecuencias de nuestras acciones nos han traído vergüenza. En muchos casos, parecía como si no importara lo que hiciéramos, no era correcto o suficiente. Siempre nos equivocamos.

Luego, después de un largo período, comenzamos a creer estas mentiras, causando que dudáramos de cada parte de nuestras vidas. Llegó a justificar las mentiras y las excusas con declaraciones verosímiles, y en ciertas situaciones, puede que se haya encontrado defendiendo al abusador. Esta acción les permitió culparte.

La manipulación de sus sentimientos es una clara señal de una situación traumática que nunca podría terminar con un resultado esperanzador. Si te encuentras negando esta afirmación, es hora de volver a enfocarte en el propósito del Paso Nueve.

La única intención del noveno paso es dar un camino y reparar el daño del pasado. Al hacerlo, concedemos nuestra propia libertad, restauración y una relación equilibrada con nosotros. Simplemente estaremos de acuerdo con lo que somos y las decisiones que tomamos.

1. ¿Alguna vez he puesto excusas para el comportamiento de mi abusador?

_____

_____

_____

a. ¿Cuándo?

_____

_____

_____

b. ¿Por qué?

_____

_____

_____

c. ¿Cómo me hizo sentir esto?

_____

_____

_____

2. ¿He puesto excusas para mi comportamiento?

_____

_____

_____

a. ¿Cuándo?

_____

_____

_____

b. ¿Por qué?

_____
_____
_____

c. ¿Cómo me hizo sentir esto?

_____
_____
_____

3. ¿Ser honesto sobre mi comportamiento me ha traído tranquilidad?

_____
_____
_____

4. ¿He aceptado mi comportamiento como parte de mi situación abusiva?

_____
_____
_____

a. Si no, ¿por qué?

_____
_____
_____

5. ¿Cuáles son algunos pasos adicionales que puedo tomar para continuar las enmiendas a mí mismo?

_____

_____

_____

6. ¿Cómo pueden los principios espirituales ayudarme a reparar?

_____

_____

_____

Algunos de nosotros podemos tener personas en nuestra lista que debemos enmendar. Si este es el caso, el mismo proceso sigue como las enmiendas a usted. Comience con una carta de explicación sobre la naturaleza exacta de sus errores. Tenga en cuenta a lo largo de nuestras enmiendas que el propósito de este encuentro cara a cara no es cómo se reciben las enmiendas o si recibimos las enmiendas a cambio del daño que nos han hecho, se trata de corregir un mal. No estamos haciendo las enmiendas para coaccionar o manipular un reconocimiento recíproco.

1. Enumere a quien tenga que reparar. Incluir nombres

_____

_____

_____

2. ¿Alguna de estas personas ha muerto?

_____

_____

_____

3. ¿Debo alguna compensación que pueda tener consecuencias graves
   si las hago?

_____

_____

_____

    a. Si es así, ¿por qué?

_____

_____

_____

    b. ¿Quiénes son?

_____

_____

_____

Hacer enmiendas

El proceso para prepararse para tales enmiendas está hecho y usted está listo para continuar con la tarea. Si usted está haciendo las paces en una reunión cara a cara con alguien que usted puede estar sintiendo como si usted podría caminar en la nube nueve, lleno de alivio y la libertad de la culpa llevada dentro. Tal sentimiento podría ser una experiencia completamente nueva para ti y algo para mantener cerca de tu corazón. Es el primer sabor de libertad del pasado. El trabajo que has hecho está dando sus frutos. Si sigues adelante con este estado de ánimo al enmendar tu situación, es muy probable que mejores mucho tu admisión.

1. ¿Hay alguna enmienda con la que tenga problemas para seguir adelante?

   _____

   _____

   _____

2. ¿Qué estoy haciendo para reconectarme con las razones que necesito para enmendar esto?

   _____

   _____

   _____

El proceso real de enmendar la situación no siempre es reconfortante. Nuestros miedos y dudas pueden aumentar y causar extrema preocupación o estrés sobre el resultado o cómo seremos recibidos. En este caso, debemos confiar en nuestros principios espirituales para guiarnos a través del proceso y confiar en que el resultado traerá el mayor bien para todos los involucrados.

1. ¿Cuáles son mis temores y dudas sobre enmendar las cosas?

_____
_____
_____

2. ¿Hay algún problema subyacente que no haya expuesto todavía?

_____
_____
_____

3. ¿Cuáles son mis planes para volver a comprometerme a hacer estas enmiendas?

_____
_____
_____

4. ¿Qué puedo hacer para continuar?

_____
_____
_____

Fe liberada

El Paso Nueve nos dio una salida para finalmente dejar ir el pasado y reconocer nuestra parte del daño. Es por nuestro reconocimiento y conciencia del daño que la restauración continuará en la vida.

1. ¿Puedes hacer una lista de los comportamientos que te has perdonado?

   _____

   _____

   _____

2. ¿Cuáles son los beneficios para mí de practicar el principio del perdón?

   _____

   _____

   _____

3. ¿Cuáles son algunas situaciones en las que he practicado este principio?

   _____

   _____

   _____

Libertad

La esencia del Paso Nueve es el alivio de la culpa y la vergüenza. El concepto de libertad es algo que venimos buscando desde hace mucho tiempo. Nuestro comportamiento obsesivo que resultó de la relación abusiva finalmente se está volviendo claro, y ahora estamos conscientes de los signos. La oscuridad en la que sobrevivimos ha pasado y la libertad de una nueva vida ha comenzado. Ahora podemos empezar a vivir con plenitud de corazón y esperanza para el futuro.

Paso diez:

"Seguimos buscando la restauración a través de un inventario personal diario y aceptando la responsabilidad de nuestras acciones".

Sección Diez - Celo: Una actitud agraciada y flexible que trabaja dentro de cada persona. Manifestando como gran compasión y amor.

Los primeros nueve pasos te llevaron a algunos cambios dramáticos en tu vida. Algunos de ellos pueden estar más allá de lo que esperabas. Pudimos llegar a la conclusión de que nuestras opciones no siempre fueron acertadas o exitosas, pero sobrevivimos a la situación. Nuestra experiencia nos llevó a este programa donde podemos encontrar la restauración y lograr la vida de éxito, siempre hemos soñado tener. Con una vigilancia continua, nuestro viaje nos llevará a una vida de alegría y amor. Este camino puede no ser siempre fácil y libre de problemas, pero con el conocimiento que hemos ganado de estar involucrados en este programa, nuestro kit de herramientas está lleno, y estamos bien armados para difundir una situación antes de que el desastre pueda golpear. Vivir este programa y los principios enseñados son guías para una vida llena de éxito, pero solo si seguimos siguiendo las prácticas y llevando el mensaje a los demás. **Como se ha señalado, antes, esta guía pretende ser un punto de partida, no la palabra final en ninguno de los pasos.**

1. ¿Por qué es necesario el paso diez?

_____

_____

_____

2. ¿Cuál es el propósito de un inventario personal?

_____

_____

_____

3. ¿Cómo pueden otros ayudar con mi inventario?

_____

_____

_____

Sentimiento versus acción

Para comenzar los elementos esenciales de un inventario personal primero debemos entender su importancia. Para mantener lo que tenemos en este punto; debemos seguir practicando los principios espirituales que hemos aprendido. Para ello, debemos intimar más con lo que somos como persona. Esto se puede hacer evaluando patrones de comportamiento y haciendo un inventario personal. Para crear este inventario, debemos estar continuamente conscientes de lo que estamos sintiendo, pensando y aún más importante, de lo que estamos haciendo. Los vínculos con lo que somos y lo que hacemos se basan en la persona en la que nos hemos convertido, o la persona que fuimos. Por ejemplo, si alguien nos pregunta "¿Cómo estás?" y respondemos: "Soy terrible", la respuesta viene de cómo se sienten, no de lo que están haciendo para detener los problemas. Sin embargo, esta respuesta puede tener varios significados diferentes. La declaración fue física más que una situación mental. Si usted está enfermo con un resfriado o un problema físico puede que no se sienta bien, pero eso no significa que no esté trabajando su programa o no viviendo los principios espirituales. Por lo tanto, debemos ser honestos con nosotros mismos y con los demás acerca de la verdadera naturaleza de la respuesta, teniendo en cuenta cómo pensamos que es cómo nos sentiremos. Aquí es donde entra en juego el inventario personal diario. El registro es un recuento exacto de lo que sucede en nuestra vida cada día, lo que nos permite actuar sobre una situación antes de que se vuelva crítica. Ahora, puede que no siempre seamos capaces de detener o prevenir que suceda cada situación, pero podemos controlar nuestro comportamiento y emociones antes, durante y después del hecho.

Al aprender el conjunto de características que nos hacen ser quienes somos, podemos ser un mejor juez de nuestro comportamiento. Esta es la razón por la que siempre estamos reaccionando de la manera que lo hacemos a ciertos estímulos. La respuesta es por lo que hemos aprendido. Los hábitos que formamos son los que nos mantienen en los mismos patrones. Con este conocimiento y un relato escrito, podemos ser conscientes de nuestras acciones y trabajar para alterar nuestro comportamiento en consecuencia.

1. ¿Alguna vez estoy confundido acerca de mis sentimientos, comportamiento y hábitos o cómo afectan mi vida?

   _____

   _____

   _____

   a. Explicar.

   _____

   _____

   _____

Entender el bien del mal

La mayoría de nosotros entramos en este programa con una comprensión básica de lo bueno de lo malo. Sin embargo, en ciertas situaciones podemos habernos visto obligados a hacer cosas contra nuestra voluntad, sabiendo que estaba mal. Como instinto de supervivencia, participamos en el evento de todos modos, y ahora sentimos un gran remordimiento al haberlo hecho. Conocer la diferencia entre el bien y el mal no significa que nuestras emociones no se apoderaron del proceso judicial y respondimos inapropiadamente. Así, nuestras acciones han causado una culpa extrema e incluso vergüenza en algunos casos. Antes de entrar en este programa, vivíamos en modo de supervivencia, y eso significa que fuimos reducidos a un nivel animal. Hicimos todo lo necesario para sobrevivir.

1. ¿Cuáles son algunas cosas que he hecho que sabía que estaban mal?

   _____

   _____

   _____

2. ¿Ha habido momentos en que me equivoqué y no era consciente, me equivoqué?

   _____

   _____

   _____

a. ¿Qué eran?

_____

_____

_____

b. ¿Cómo he resuelto esta situación?

_____

_____

_____

3. ¿Cómo afectan mis errores a mi vida?

_____

_____

_____

Determinar cuándo reparar puede ser difícil a veces. Algunos de nosotros podemos estar preguntándonos cómo averiguar si hicimos algo malo en primer lugar. La elección es algo que no se debe apresurar ni forzar de ninguna manera. Aprender a confiar en nuestros sentimientos y confiar en la intuición requiere práctica. El proceso muy probablemente tomará el resto de su vida, y no es algo que nunca perfeccionará. Es una parte de ser humano. Hay una paz interior que desarrollarás en lo profundo de tu interior; no se puede confundir una vez que aprendes a reconocerlo. La práctica y finalización del Paso Diez ayudará a desarrollar esta visión y le dará la capacidad de confiar en ella. Si realmente te encuentras atrapado en si has hecho o no algo malo y necesitas enmendar a alguien, hay varias opciones:

1) Localiza a la persona y simplemente reconoce que puedes haber herido sus sentimientos y que lo sientes; 2) Escribir sobre la experiencia y orar sobre la situación; 3) Discuta el problema con su patrocinador o entrenador de vida para obtener asesoramiento. Cualquiera que sea la forma que elijas depende únicamente de ti, pero ignorar la situación solo agravará el trauma emocional.

A diferencia de los pasos anteriores, ahora hemos pasado a vivir en el presente y no en el pasado. Es nuestro primer impulso para hacer una excusa o negar la elección que hicimos. Esto no excusa nuestro comportamiento, porque estamos reaccionando a un conflicto potencial que puede ni siquiera existir. Por lo tanto, debemos comenzar a reconocer nuestras acciones y evaluar rápidamente nuestras decisiones. Disculparse por las elecciones que hacemos en nuestras vidas ya no es necesario.

1. ¿Qué significa para mí cuando admito mis errores?

_____
_____
_____

2. ¿He reaccionado exageradamente a alguna situación desde que he estado trabajando en estos pasos?

_____
_____
_____

a. ¿Cuándo?

_____

_____

_____

b. ¿Cómo manejé la situación?

_____

_____

_____

3. ¿Cómo me sentí después de que se resolviera la situación?

_____

_____

_____

4. ¿Cómo me ayuda a cambiar mi comportamiento la pronta admisión de mis errores?

_____

_____

_____

Tomando mi primer inventario personal

La clave para cambiar cualquier hábito es la consistencia. Solo a través de la repetición podemos alterar nuestro comportamiento. Cambiar un comportamiento pasado requiere un mínimo de 31 días con reconocimiento constante y ejercitar el cambio de comportamiento. No importa si el comportamiento es bueno o malo, por lo que debe ser muy consciente de sus acciones diarias. Es por eso que necesitamos un entrenador de vida o patrocinador para ayudarnos a mantenernos guiados en la dirección correcta. A medida que continuemos por el camino de la restauración, estos principios espirituales se convertirán en una segunda naturaleza, por así decirlo. Aprenderás a apreciarlos y desearás el progreso y la alegría que pueden traer a tu vida.

1. ¿Por qué debo seguir haciendo un inventario personal hasta que se convierta en una segunda naturaleza?

_____

_____

_____

Un inventario personal

La siguiente lista contiene algunos ejemplos de preguntas que debe hacerse cuando inicie el inventario. La creación de estas listas se puede utilizar en cualquier parte de nuestra vida. Es aconsejable consultar a su patrocinador, entrenador de vida o amigo de confianza para obtener ayuda con cada paso en el que está trabajando.

1. ¿He reafirmado hoy mi fe en un Dios amoroso y solidario?

_____

_____

_____

2. ¿Se le ha pedido a mi Poder Superior orientación durante todo el día?

_____

_____

_____

3. ¿Qué he hecho para servir a Dios o a la gente que me rodea?

_____

_____

_____

4. ¿Por qué tengo que estar agradecido hoy?

_____

_____

_____

5. ¿Mantengo una mentalidad positiva sin importar lo que esté pasando en mi vida?

_____

_____

_____

6. ¿Cuáles son algunas cosas que puedo hacer para lograr una mentalidad mejor?

_____

_____

_____

7. ¿Puedo alcanzar el éxito en mi vida sin un Dios de mi entendimiento?

_____

_____

_____

8. ¿Cuántas veces hoy he consultado con mi Poder Superior antes de cualquier decisión que tuviera que tomar?

_____

_____

_____

9. ¿Me sentí bien con la elección que hice?

_____

_____

_____

10. ¿Qué pasa si no puedo decidir inmediatamente?

_____

_____

_____

11. ¿Es mejor parar y pensar en mis acciones antes de reaccionar por impulso?

_____

_____

_____

12. ¿Sigo preocupándome por el pasado, el presente o el futuro y por qué?

_____

_____

_____

13. ¿Me he parado a cuidarme hoy? ¿Comí, dormí y hablé con alguien?

_____

_____

_____

14. ¿Cuáles son algunas de las dificultades que enfrenté hoy?

_____

_____

_____

15. ¿Cómo manejé los problemas?

_____

_____

_____

16. ¿Cómo me sentí al final del día?

_____

_____

_____

17. ¿Espero con ansias el día que viene? ¿Por qué?

_____

_____

_____

18. ¿Qué puedo hacer para mejorar mis días?

_____

_____

_____

19. ¿He seguido trabajando en un futuro para mí hoy?

_____

_____

_____

20. ¿Tengo algún sentimiento de culpa o vergüenza por el día?

_____

_____

_____

21. ¿Qué hice hoy que quiero repetir mañana?

_____

_____

_____

22. ¿Fui a una reunión recientemente o hablé con alguien más en el programa hoy?

_____

_____

_____

Autodisciplina

En el Paso Diez, aprendemos la importancia de la autodisciplina, la honestidad y la integridad con nosotros mismos y con los demás. La práctica toma consistencia y compromiso con el futuro y la vida que elegimos vivir. Sólo cuando nos comprometamos verdaderamente con las acciones del presente podremos alcanzar los objetivos que nos fijamos. En ningún momento podemos esperar un pasado mejor. Todo lo que podemos hacer es intentar evitar repetir patrones.

1. ¿Por qué es necesaria la práctica de la autodisciplina en este paso?

_____

_____

_____

2. ¿Cómo puede esta práctica afectar mi restauración?

_____

_____

_____

3. ¿Cómo cambian estas prácticas mi comportamiento?

_____

_____

_____

Mantenerse en constante integridad con nuestro ser es imperativo para la restauración continua. Este estado de ser completo e indiviso es la forma en que mantenemos un conjunto de valores morales elevados.

1. ¿Qué situaciones en mi restauración me han llamado a practicar los principios de integridad? (¿Estoy haciendo lo que digo que voy a hacer?)

_____

_____

_____

a. ¿Cómo respondí?

_____

_____

_____

b. ¿Qué decisiones me han sentado bien?

_____

_____

_____

c. ¿Cuál no?

_____

_____

_____

Fe revelada

Junto con trabajar a través del Paso Diez hemos aprendido a admitir nuestros errores, y con tal admisión vino la libertad a diferencia de lo que la mayoría de nosotros hemos sentido. Ser completo es un estado mental que eventualmente se convertirá en algo que deseas diariamente. También hemos aprendido que no somos inferiores en absoluto; tenemos tanto valor como cualquier otra persona. Nuestra vida es importante y desempeñamos un papel crucial en el tejido de la humanidad.

1. ¿Cómo me ayuda este paso a vivir en el futuro?

_____

_____

_____

2. ¿Cómo estoy viviendo mi vida diferente como resultado de trabajar
   hasta el décimo paso?

_____

_____

_____

La última parte de este paso comenzó a darnos una idea del futuro y lo que
encierra. La libertad que obtenemos como resultado de trabajar a través de
estos pasos nos da sentido y propósito. Encontramos que nuestros
pensamientos se basan en la dedicación y los principios que mejoran
nuestras vidas, no la destruyen. Tenemos la libertad total de crear cualquier
tipo de vida que elijamos. Nuestro éxito y prosperidad descansan
únicamente en las acciones que tomemos de aquí en adelante. Nos hemos
rendido a ser restaurados por nuestro Poder Superior.

Paso once:

"Buscamos, a través de la oración y la meditación, mejorar nuestro contacto consciente con Dios tal como lo entendíamos, orando solo por el conocimiento de su voluntad para nosotros y el poder para llevarlo a cabo".

Sección Once - Eliminación: El poder de la eliminación está constantemente infundiendo más energía en el ser de uno, mientras que al mismo tiempo arroja fuera de la mente y el cuerpo todos los residuos. El amor perdonador de nuestro Poder Superior no es solo una maravillosa estimulación espiritual para el alma y el cuerpo; es un factor importante en el proceso de eliminación. Esto causa un avance de lo nuevo a medida que se produce un abandono de lo viejo.

Debemos aprender a practicar la ley del perdón, cuando aprendemos a rendirnos a su fundamento, recurrimos al poder de la fuerza de Dios, la fuente divina para expulsar a los viejos. Aferrarse a los pensamientos de infelicidad, culpa y vergüenza hace que la falta de armonía exista en nuestras vidas. Una vez que la luz nueva nace en el consciente, da paso a viejos errores y pierden su agarre y se alejan. Debes aprender a aceptar que la caída de lo viejo y la presencia de lo nuevo es el resultado de la ley de Dios en tu vida.

El Paso Once es la búsqueda de la iluminación interior, y con este conocimiento puedes desarrollar un contacto consciente con el Dios de tu Entendimiento. Junto con esta exploración, aprenderemos el concepto de fe. Esta dedicación fomentará los medios para vuestra espiritualidad.

1. ¿Qué falta de armonía he sentido en mi vida?

_____
_____
_____

2. ¿He experimentado alguna iluminación en mi vida desde que he estado trabajando a través de estos pasos?

_____
_____
_____

3. ¿Qué presencia en mi vida me ha mostrado mi Poder Superior?

_____

_____

_____

4. ¿Qué significa para mí el contacto consciente con Dios?

_____

_____

_____

5. ¿Cómo he trabajado en dejar ir el pasado para dar paso a lo nuevo?

_____

_____

_____

    a. ¿Qué he dejado ir? ¿Por qué?

_____

_____

_____

    b. ¿Qué es lo que todavía intento soltar? ¿Por qué?

_____

_____

_____

6. ¿Cómo puedo seguir desarrollando mi espiritualidad?

_____

_____

_____

La convicción de buscar tu espiritualidad es única para cada persona. Algunos de nosotros tal vez necesitemos tomar un nuevo curso, mientras que otros prefieren tomar el camino que aprendieron cuando eran niños y desarrollar su herencia familiar. De cualquier manera, el factor importante aquí es que continuemos el viaje.

Algunos de nosotros llegamos a este punto y simplemente no lo sabemos. Cada camino que hemos intentado en el pasado ha traído miedo, dudas y/o resentimientos, y hasta las vías actuales parecen ajenas. Esto no es de ninguna manera una razón para frustrarse o desanimarse. Todos entramos en este programa en diferentes niveles de nuestra vida. Solo a través de la oración y la guía podemos seguir esforzándonos y encontrando nuestro bien más elevado.

Mientras buscamos descubrir nuestra espiritualidad, es probable que visitemos instituciones espirituales u organizaciones comunitarias. Es probable que leamos numerosos libros sobre espiritualidad y crecimiento personal, así como las personas a las que nos acercaremos y encontraremos durante este viaje. Es a través de este proceso que realmente descubrimos quiénes somos y nuestro propósito. Sea cual sea el enfoque que elija, el proceso es personal y único.

1. ¿Conozco un camino específico?

_____

_____

_____

    a. ¿Dónde aprendí este camino?

    _____

    _____

    _____

    b. ¿Cuáles son mis sentimientos cuando sigo los principios?

    _____

    _____

    _____

2. ¿Qué he hecho para explorar mi espiritualidad?

_____

_____

_____

Oración y Meditación

La práctica de la oración y/o meditación es tan diversa como tu espiritualidad. Por supuesto, habrá puntos en común en cualquier método de oración. y pedir un poco de orientación se recomienda si usted es nuevo en el concepto. Escribir una colección de sabiduría obtenida de cada persona o contexto que ha encontrado construye una base sobre la cual puede construir una práctica. Hay un modelo básico que debes formar: un diálogo. Las relaciones son una calle de doble sentido y ambas partes deben dar para recibir.

La oración es hablar con nuestro Poder Superior, tal vez no en el habla; podría estar en nuestras acciones o sentimientos evolutivos que llevamos ahora. De cualquier manera, las comunicaciones deben permanecer constantes y progresivas. A través de la secuencia de estos pasos, ha establecido una base sólida sobre la que construir. Muchos de nosotros hemos llevado el proceso de oración a momentos específicos del día, lo que ayuda a desarrollar buenos hábitos de comunicación. Estos hábitos también se extenderán a otras áreas, mejorando la restauración en todos los aspectos de tu vida.

1. ¿Cómo rezo?

_____

_____

_____

   a. ¿Por qué?

   _____

   _____

   _____

2. ¿Cuál es mi concepto de oración?

_____

_____

_____

    a. ¿Por qué?

        _____

        _____

        _____

3. ¿Cuándo rezo?

_____

_____

_____

    a. ¿Cuándo me duele? ¿Cuándo quiero algo? ¿Regularmente?

        _____

        _____

        _____

    b. ¿Rezo con gratitud?

        _____

        _____

        _____

4. ¿Cómo ayuda incorporar la oración a lo largo del día?

_____

_____

_____

5. ¿Cómo me ayuda la oración a poner las cosas en perspectiva?

_____

_____

_____

Si esta es tu primera experiencia trabajando a través del Paso Once, te sorprenderás de haber estado orando y meditando durante todo este proceso. Cada vez que usted participa en una reunión, se reúne con su entrenador de vida, patrocinador, o se sienta en silencio, usted está evolucionando su contacto consciente con Dios.

Es a través de este proceso que desarrollamos patrones de meditación. Como se dijo antes, la meditación es tan única como el proceso de oración y la espiritualidad. Lo que están aprendiendo son algunas pautas para desarrollar un entendimiento y conocimiento de su Poder Superior.

Cuando comiences a meditar, trata de minimizar las distracciones, especialmente las electrónicas, para que puedas concentrarte en el conocimiento de tu Poder Superior. Nuestra comprensión de la comunicación que recibimos no es siempre un conjunto de palabras o instrucciones; puede ser simplemente un sentimiento o emoción. Sin embargo, a través de la oración y la meditación regulares, nos llega como una seguridad tranquila de nuestras decisiones y la disminución del caos que solía acompañar todas nuestras vidas y pensamientos.

1. ¿Cómo medito?

_____

_____

_____

2. ¿Cuándo medito?

_____

_____

_____

3. ¿Cómo me siento acerca de la meditación?

_____

_____

_____

1. Si he estado meditando constantemente durante algún tiempo, ¿de qué manera he visto cambios en mí mismo y en mi vida como resultado de la meditación?

_____

_____

_____

Contacto consciente

En un panfleto escrito por Myrtle Fillmore en 1866, ella recuerda cómo su vida fue guiada por un contacto consciente con Dios. Ella afirma, "La vida es simplemente una forma de energía, y tiene que ser guiada y dirigida en el cuerpo de un hombre por su inteligencia.

¿Cómo nos comunicamos con la inteligencia? Pensando y hablando, por supuesto. Puedo hablar para vivir la vida que deseo. Empecé a enseñar mi cuerpo y obtuve resultados maravillosos". Mientras proyectaba las afirmaciones positivas sobre su cuerpo, la energía vital comenzó a crecer y sanar su enfermedad así como su alma. Después de ser diagnosticada con tuberculosis y seis meses de vida, su cuerpo sanó y vivió otros 40 años. Este es solo un ejemplo de lo que la mente humana es capaz de hacer cuando está enfocada.

El concepto de tener una conciencia consciente de Dios no se limita a ciertas creencias, simplemente significa que notamos o sentimos una presencia en nuestra vida diaria. La fe no va y viene, ni se desvanece. Nuestra conciencia es lo que viene y va, de acuerdo a nuestros estados de ánimo y sentimientos profundos que afectan constantemente nuestro contacto consciente. No vives en tu cuerpo tanto como vives en los sentimientos y pensamientos que envuelven tu cuerpo. Esto hace imperativo que observemos de cerca la actitud que tenemos sobre nosotros mismos y los demás. Aprender a mantener una relación sana con nuestro Poder Superior sirve para minimizar la negatividad que fluye a lo largo de nuestro día. La meditación es una poderosa herramienta para ejercer y combatir el pesimismo.

1. ¿Qué cosas puedo hacer para mejorar mis habilidades de mediación?

_____
_____
_____

2. ¿Cuál es la importancia de meditar diariamente?

_____
_____
_____

3. ¿En qué circunstancias noto mi Poder Superior?

_____
_____
_____

a. ¿Qué siento?

_____
_____
_____

La voluntad de Dios

Descifrar el propósito de la voluntad de Dios es algo con lo que todos hemos luchado en un momento u otro. No siempre tiene sentido y podemos frustrarnos tratando de averiguarlo.

Parte de este viaje es en el que debemos trabajar para tener éxito en nuestra restauración; es en la búsqueda que encontramos un contacto consciente con nuestro Poder Superior. La voluntad de Dios traerá un sentido interno de paz que gradualmente se extiende por todo el cuerpo, una señal de que la restauración está teniendo lugar. Una vez que hayas reconocido este sentimiento, manténgalo cerca para que puedas reconocer cualquier variación en el futuro. Esto ayudará a mantener la vida en equilibrio.

1. ¿Ha desarrollado un contacto consciente con Dios?

_____

_____

_____

2. ¿Cómo adquirí este contacto consciente?

_____

_____

_____

3. ¿He sentido la paz interior que viene de tener un contacto consciente con Dios?

_____

_____

_____

    a. ¿Cuándo?

    _____

    _____

    _____

4. ¿He trabajado para aumentar mi contacto?

_____

_____

_____

Descubriendo tu propósito a través de la meditación y la oración

La última parte del Paso Once es aprender a descifrar tu verdadero propósito en la vida. Es algo que todos hemos buscado. Sin embargo, lo que la mayoría de nosotros nunca nos damos cuenta es que nuestro verdadero propósito ya está activo, solo tenemos que desarrollar la habilidad para ejercerlo. A través de la oración y la meditación constantes, los conocimientos necesarios para buscar esta información se presentarán cuando el tiempo sea el adecuado. Solo después de haber encontrado el equilibrio y la paz en su mente puede estar listo para su verdadero propósito. Hay un dicho, "más será revelado." Este concepto se basa en vivir por la voluntad de Dios, no la tuya.

A medida que continúes comprometiéndote con el proceso de restauración, el equilibrio que buscas llegará. Los resultados a largo plazo que desea desarrollar a medida que su relación se profundiza con el Dios de su Comprensión.

1. ¿Cómo he demostrado mi compromiso con el Paso Once y mi restauración?

_____
_____
_____

2. ¿He rezado y meditado hoy?

_____
_____
_____

3. ¿He continuado mi compromiso con mi proceso de restauración?

_____
_____
_____

   a. ¿Cómo?

   _____
   _____
   _____

b. ¿Cuándo?

_____

_____

_____

c. ¿Qué he hecho para cumplir este compromiso?

_____

_____

_____

Fe revelada

Nuestras prácticas en este paso se muestran en cada área de nuestras vidas. A medida que sigamos practicando los principios que hemos aprendido, se establecerá un equilibrio, se liberará nuestro sentido de urgencia y nos aseguraremos en el proceso. La restauración es un viaje, no una maratón.

Finalmente podemos contentarnos con lo que somos, y satisfechos con la vida que hemos trabajado para lograr. Nuestro enfoque puede cambiar gradualmente a ser de servicio a otros Supervivientes Propósitos, extendiéndoles el don de la esperanza. Aquí es cuando nuestro verdadero propósito comienza a desarrollarse en nuestras vidas. La libertad está sobre nosotros.

Paso Doce:

"Habiendo tenido un despertar espiritual como resultado de estos pasos, tratamos de llevar este mensaje a otros, y practicar estos principios en todos nuestros asuntos."

Sección Doce - Vida: Es el estado mental de uno. Llama al poder de la vida cuando la energía de la sociedad humana drena tu alma. La vida es el don de la buena conciencia mental.

Si estás leyendo esta frase inicial entonces has tenido un despertar espiritual. La naturaleza del despertar es única para cada persona, aunque las similitudes en nuestras experiencias son notables. Cada individuo sentirá cambios en sus sentimientos de vida. Se encenderá una chispa, permitiéndoles sentir su propósito. Casi instantáneamente, la gente comenzará a notar los cambios y el crecimiento. Aún reconocemos los relatos del pasado y la importancia de recordarlos, pero estas experiencias ya no representan quiénes somos. La mayoría de nosotros sentimos que tenemos una segunda oportunidad en una nueva vida.

El viaje para nosotros no fue rápido ni de la noche a la mañana, pero el esfuerzo minucioso que hicimos nos transformó en la gente alegre y vibrante que somos hoy. Nos miramos en el espejo y nos gusta la persona que vemos. Recordar el pasado y mirar la forma en que vivimos es impensable ahora. No podemos imaginar cómo sobrevivimos y estamos agradecidos de que la vida haya terminado.

El mensaje de la vida ha traído ahora un nuevo significado; ya no es algo que simplemente hagamos. Estamos recordando que la expresión de la vida es infinita. Atrévete a creer en las posibilidades ilimitadas para tu futuro. No dejes que las ideas inactivas obstruyan tu mente, más bien abre tu pensamiento a la conciencia de una nueva vida llena de ideas creativas expresadas a través de tus afirmaciones.

Repita esto a menudo: *"Mi mente, cuerpo y asuntos están ahora llenos y encantados con la vida rejuvenecedora."*

Esta simple afirmación puede transformar su mente, cuerpo y asuntos, trayendo viva la energía natural que ya está presente en su cuerpo.

1. ¿Cuál es mi experiencia general de trabajar a través de estos pasos?

_____

_____

_____

2. ¿Cómo ha sido mi despertar espiritual?

_____

_____

_____

3. ¿Qué cambios duraderos han resultado de este despertar?

_____

_____

_____

Estos pasos son una base para ayudarnos a reiniciar nuestra vida sobre bases sólidas; una losa de hormigón que creamos para nuestro ser, a través de la honestidad, la integridad y la determinación. Nuestra capacidad de soportar las experiencias repetidamente mientras trabajamos a través de estos pasos nos permite ver que tenemos el poder y la fuerza para sobrevivir a cualquier situación.

Podemos estar mirando hacia atrás en este punto y recordando amigos, familia, compañeros de trabajo, quienquiera, preguntándonos por qué no sobrevivieron en el abuso. El pensamiento es triste e incluso podemos sentirnos enojados, pero a través de este despertar espiritual, aprendemos a aceptar que nuestro Poder Superior tiene un mejor plan para nosotros y ellos. Debemos reconocer que están en un lugar mejor, libres de cualquier abuso adicional.

1. ¿Me ha entristecido la idea de la situación abusiva de otra persona?

   _____

   _____

   _____

   a. ¿Quién y por qué?

      _____

      _____

      _____

2. ¿He orado por guía?

   _____

   _____

   _____

3. ¿Qué pasos he tomado para estar al servicio de otro Superviviente Propuesto?

   _____

   _____

   _____

a. ¿Quién y cuándo?

_____

_____

_____

4. ¿Cómo me sentí sobre tu decisión?

_____

_____

_____

Llevar el mensaje

¿Qué significa llevar el mensaje? Obtuviste el conocimiento que has aprendido trabajando a través de estos pasos porque alguien antes de ti experimentó el dolor del abuso. Con compasión por otro ser humano, eligieron pasar sus historias de restauración junto con las esperanzas de que otra persona pudiera ser librada de la misma experiencia de vida, o porque vieron a un recién llegado luchando por encontrar su camino. Estas historias podrían liberarlos del pasado, abriendo una puerta para un futuro más brillante.

1. ¿Cuáles son algunas de las formas en que he experimentado el mensaje?

_____

_____

_____

2. ¿Qué maneras he llevado el mensaje a otro Superviviente Propuesto?

_____

_____

_____

El mensaje de la restauración se puede desglosar de manera muy sencilla: *"Vivir libre de abusos, la restauración es posible, y hay esperanza".*

También debemos recordar cuando escuchamos el mensaje personalmente y cómo nos hizo sentir.

"Llevamos la restauración a nuestra propia vida cuando compartimos el mensaje de esperanza con otros".

Este mensaje es probablemente la mayor razón por la que podemos continuar con nuestra restauración; nos da refuerzo para practicar estos principios en nuestra rutina diaria. Cuando transmitimos el mensaje de esperanza a otra persona, es más probable que apliquemos las prácticas en nuestra propia restauración. Si ofrecemos trabajar a través de los pasos para una oportunidad de libertad, somos más propensos a mirarnos a nosotros mismos. Cuando sugerimos que un recién llegado encuentre un entrenador de vida o patrocinador, es más probable que nos pongamos en contacto con los nuestros. Estas son solo unas pocas maneras de ser de servicio, pero son la manera más efectiva de nuestra propia restauración. No conseguimos lo que tenemos hoy sin la ayuda de muchas personas cariñosas, cariñosas y compasivas. Tomar una posición de servicio para ayudar a otros asegurará que una persona más se libere de las garras de una relación abusiva.

1. ¿Qué trabajo de servicio estoy haciendo para llevar el mensaje?

_____

_____

_____

A veces, llevar el mensaje puede ser difícil y parecer imposible, o puedes sentir que la persona a la que estás tratando de ayudar continúa un camino de destrucción. Podríamos incluso pensar en renunciar a tal persona, pero debemos elegir sabiamente antes de tomar esta decisión. Debemos examinar y considerar los factores atenuantes. No hemos caminado en sus zapatos. Por lo tanto, a veces todo lo que podemos hacer es apoyarlos en la oración. La oración es siempre la primera y única línea de defensa para resolver cualquier situación pacíficamente. Es en estos momentos que podemos estar frustrados o confundidos. Enfrentar estas situaciones es difícil, y no se trata de si llevamos el mensaje, sino de cómo. La percepción es de atracción, no de promoción. Esto también se aplica a nuestros propios esfuerzos personales cuando llevamos el mensaje a otros.

1. ¿Cuál es el valor terapéutico de un Superviviente Propuesto ayudando a otro?

_____

_____

_____

2. ¿Me he enfrentado a la experiencia de no poder ayudar a alguien?

_____

_____

_____

    a. ¿Cómo manejé la situación?

_____

_____

_____

    b. ¿Cuál fue el resultado?

_____

_____

_____

Cuando hablamos de los principios de la restauración y los practicamos en todos nuestros asuntos, la clave es la "práctica". Estas lecciones no se pueden lograr de la noche a la mañana y nadie espera que lo hagas. Solo tenemos que seguir trabajando activamente en las lecciones a diario. Los beneficios espirituales que obtenemos de trabajar a través de estos pasos dependen del esfuerzo que pongas, no del éxito de los esfuerzos.

La humildad es probablemente la mayor cualidad que una persona puede llevar. Cuando nos jactamos de nuestros logros y divagamos sobre el éxito en nuestra vida, envía un mensaje de indiferencia a los demás. Un programa basado en la atracción no viene del éxito; proviene de los esfuerzos prácticos de las personas involucradas en el programa.

 La práctica efectiva de gestionar todos nuestros asuntos no es específica de este Programa de 12 pasos; no podemos separar nuestra carrera, relaciones, u otras áreas de nuestra vida. Los principios espirituales deben mantenerse en todo lo que haces y dondequiera que vayas. La integridad nos hace quienes somos y lo que representamos en la vida. La oración y la meditación consistentes ayudarán a mantener estas líneas límite claras. Asistir regularmente a reuniones y reunirse con su patrocinador o entrenador de vida son formas adicionales de mantener la integridad.

1. ¿Cuáles son algunas áreas en las que puedo practicar los principios?

_____

_____

_____

2. ¿Cuándo me resulta difícil practicar los principios?

_____

_____

_____

    a. ¿Qué estoy haciendo para rectificar la situación?

    _____

    _____

    _____

3. ¿Qué principio me cuesta practicar?

_____

_____

_____

Definición de límites

Una parte muy importante de ser un Superviviente Propósito es el anonimato. Debemos mantener un estricto código de privacidad para cada persona involucrada en este programa, tanto para nuestra seguridad como para la de ellos. Practicar los principios del amor incondicional a través de Doce Pasos es esencial. Nadie necesita amor sin condiciones más que un Superviviente Propósito. Por lo tanto, no pedimos nada a las personas por las que llevamos el mensaje. Nosotros no pedimos dinero. No pedimos gratitud, ni les pedimos que se mantengan al margen de su relación abusiva. Simplemente nos extendemos.

Esto no significa en modo alguno que no debamos protegernos ni tomar precauciones. Si creemos que no es seguro traer al Superviviente Propuesto a nuestro hogar, no deberíamos. Practicar los principios del amor incondicional no requiere que nos permitamos ser abusados. A veces la mejor manera de ayudar a alguien es dejar de habilitarlo y simplemente orar por su restauración.

1. ¿Cómo estoy practicando el principio del amor incondicional con los Sobrevivientes Propuestos que estoy tratando de ayudar?

_____

_____

_____

2. ¿Cómo estoy usando mis límites para mantenerme a salvo a mí y a mi familia?

_____

_____

_____

A menudo, no consideramos los efectos que nuestras acciones tienen en otras personas porque no vemos los cambios en persona. La gente podría haber sido alguien de nuestra juventud, un compañero de trabajo, un amigo de hace mucho tiempo, o simplemente un extraño que conocimos en el camino. Cada decisión que tomemos debe ser tomada con cuidadosa consideración no solo por nuestra vida sino por las personas que nos rodean. Ser absolutos en nuestras elecciones no siempre es posible, y cometemos errores o decimos cosas que no queremos decir. Somos humanos. Lo importante aquí es que manejemos la situación. ¿Actúas apropiadamente y resuelves cualquier problema inmediatamente, o mantienes el trauma dentro, encerrándolo? La respuesta debe ser clara.

1. ¿He practicado la integridad conmigo mismo y con otros apropiadamente?

   _____

   _____

   _____

   a. Si no, ¿por qué? ¿Cuál era la solución?

      _____

      _____

      _____

2. ¿Planeo rectificar el problema?

   _____

   _____

   _____

   a. ¿Cuándo?

      _____

      _____

      _____

b. ¿Cómo?

_____

_____

_____

El tema del patrocinio es una parte importante de este programa y su restauración. Llevamos el mensaje, no para nosotros mismos, sino para beneficio de los demás. Encontrar alegría en el ser de servicio es una parte crucial de tener un contacto consciente con su Poder Superior. La conexión proporciona una manera de eliminar el egoísmo de nuestro comportamiento y reemplazarlo con amor y compasión por otra persona.

Dar crea alegría de la que podemos crecer por el miedo de tener que dar bajo coacción. Cuando vemos que nuestros esfuerzos traen esperanza a otro Superviviente Propósito, el dolor y el abuso de nuestro pasado no fueron en vano. Este compromiso garantiza que sigamos practicando los principios de nuestro programa, a pesar de cómo nos sintamos. La restauración exige un compromiso total cada día.

1. ¿Estoy comprometido con mi restauración?

_____

_____

_____

2. ¿Qué estoy haciendo para mantener la progresión hacia adelante?

_____

_____

_____

3. ¿Practico los principios espirituales sin importar cómo me sienta?

_____

_____

_____

Fe revelada

¡Guau! Aquí está en la sección final del Paso Doce. Deberías sentirte orgulloso de tus logros. Los laboriosos esfuerzos del trabajo que lograste han abierto la puerta para una segunda oportunidad de vida para ti.

Nos encontramos uniéndonos a la sociedad con emoción. Las pequeñas cosas más simples parecen fáciles. Podemos sentirnos seguros de sí mismos y preparados entre otras personas. Nuestras miras están puestas en vivir, no sólo en sobrevivir. Si se preguntan cuál será el próximo paso, esa es una actitud positiva. Sigue buscando para encontrar tus respuestas. Es a través de la búsqueda que descubrimos el verdadero significado de la vida.

Ya sea que usted elija comenzar inmediatamente a trabajar a través de los pasos de nuevo con su nueva perspectiva o simplemente respirar y vivir, la elección depende de usted ahora. Disfruta de libertad. Sin embargo, cuando usted se encuentra impotente sobre una situación o cada vez que más ha sido revelado, los pasos están disponibles mientras nuestro camino a la restauración continúa.

Mientras reflexionamos sobre de dónde venimos y lo que nuestra restauración ha traído a nuestras vidas, solo podemos encontrar gratitud. Cada uno de nosotros tiene algo especial que ofrecer al mundo, y a través de este programa, usted tiene la capacidad y el conocimiento para perseguir esos intereses con total libertad. Solo con una actitud de gratitud podemos lograr una restauración completa.

¿Cómo Expresaré Mi Agradecimiento Hoy?

Libros adicionales

- **Saliendo Vivo**
- **Conceptos básicos sobre supervivientes**
- **Comienzos iniciales**
- **12 Guía paso a paso para la restauración**

Síguenos: @purposeSurvivor.com

www.ingramcontent.com/pod-product-compliance
Lightning Source LLC
Chambersburg PA
CBHW081328090726
47907CB00010B/2404